亡霊館の殺人

二階堂黎人

南雲堂

亡霊館の殺人

亡霊館の殺人　目次

ブックデザイン◉奥定泰之
カバー写真◉Shutterstock.com

霧の悪魔

［登場人物］

ヘンリー・メリヴェール卿（H・M）……名探偵
ケンウッド・ブレイク……H・Mの元部下
エドワード・スミス……大学二年生
トーマス・ギア……大学四年生
ジャック・ラドクリフ……大学四年生
コリン・ウッドハウス……大学四年生
アルバート・キャピオン……副学長
ジョン・ラッセル……物理学教師
ハリー・ファーガス……大学一年生
アンディ・マーティン……大学一年生
マーチン・ウエスト……州警察の警部

前編◉エドワード・スミスの告白

1

——そう。僕が、あの上級生三人を殺した犯人さ。復讐してやったのだ。

三人とは、大学四年生の、トーマス・ギア、ジャック・ラドクリフ、コリン・ウッドハウスのこと。

彼らは、大学の先輩というだけではなく、寮生の代表であり、優秀な生徒だけが入れる〈四つの署名クラブ〉の支配者でもある。その三つの地位を使って、彼らは僕を虐《いじ》めた。

数々の辱《はずかし》めを僕に与えて、ことあるごとに嘲笑《あざわら》ってきた。

たとえばハロウィンの夜には、裸にされ、体にペンキで卑猥《ひわい》なことを書かれ、その格好で、大勢の生徒の前に放り出された。ガイ・フォークス・デイの時には、ガイ人形の格好をさせられ、校庭の真ん中に立てられた十字架にはりつけにされた。

他にも、トイレに閉じ込められ、無理矢理酒を飲まされ、ゴミ箱に押し込められ、クリケットのバットで叩かれるなど、僕は何度もひどい屈辱を味わった。

何故、僕が彼らの標的になったかと言えば、病弱だったからだ。子供の頃からヒョロヒョロに痩せていて、よく風邪を引き、授業を休んだ。「みっともない体形だ」とか「マッチ棒野郎」などと言って、罵《ののし》るのだった。

一年の終わりに、僕はとうとう耐えきれず、学校に助けを求めた。必死になって、自分の惨《みじ》めな境遇を説明した。だが、教師たちは役に立たなかった。何故なら、トーマスが学長の親戚で、ジャックがこの大学の創始者の子孫で、コリンの親は、多額の寄付をしている有力な支援者だったからだ。

結局、彼らが僕を虐めても傷つけても、学校側は見て見ぬ振りだった。そして、僕が学校に告げ口したことを知って、彼らの暴力はますます激しくなった。他の下級生も虐められたが、僕が一番酷《むご》いことをされた。

また、彼らは近くの町に出かけては、女の子たちにちょっかいを出した。学校のスターだったので、彼らはよくもてた。誰かの妹だったか、町にあるパブの女店員だかが、彼らに騙されて、妊娠したあげくに捨てられたという話があった。しかも、その女の子はロンドンかどこかで堕胎手術を受け、失敗して死んでしまったらしい。

無責任な噂は広まるのが早い。信憑性は薄く、中には、女の子の相手は教師だったという話すらあった。しかし、副学長のアルバート・キャピオン氏が調べて、悪い教師などいないと発表し、その点だけは疑惑を否定した。不良じみた行為を繰り返しているのは、トーマスら三人の上級生なのに、例によっておとがめはなかった。

とにかく僕は、彼らからの迫害から逃れるために、なるべく一人でいられる場所を探した。その一つが、学校の西側にあるロダリックの森だった。あの鬱蒼《うっそう》とした森の中には、小さな洞窟があった。僕は、そこを隠れ家にした。また、川を越えた先にある丘に登り、十八世紀に造られたブロードウェー・タワーを見ながら、一日、己の不幸を嘆き悲しんだ。

他には、旧校舎の一番奥にある地下室。昔からそこには無気味な噂があった。五十年ほど前に、生徒が一人、中で首を吊って命を絶ち、それ以来、彼の亡霊が出ると囁かれていたのだ。

普段、誰もそこへ近づかなかったから、僕には好都合だった。放課後などに地下室へ行き、僕は孤独な時間を過ごすようになった。

最初は、すごく無気味な場所に思えた。おっかなびっくり急な階段を下ると、左側に、古い板がささくれ立った木製のドアがあった。汚れたドアノブは銅色で、真鍮《しんちゅう》製だった。鍵はかかっておらず、僕はそれを押し開けた。油の切れた蝶番《ちょうつがい》が、ギギギーッと軋んだ音を立てた。

室内はあまり広くない。中は埃だらけで、黴《かび》臭く、淀んだ空気が充満している。寒々しくて、物音一つしない。暗い裸電球が一つ、天井からぶら下がっている。そこら中にねっとりとした影があって、何か嫌なものがひそんでいそうだった。

明かり取りの窓は、横長の小さなものが、北東の角の両側に二つあった。それらは、壁の最も高い所にある——外から見れば、地面すれすれの所にあるわけだ。磨《す》りガラスがはまっていて、外側が汚れているため、ほとんど光を通さない。施錠もされている。

長い間、室内は物置代わりになっていた。汚れた木製の机や椅子、黒板、材木、複数のキャンバス、イーゼル、石膏の胸像、空き瓶、空き缶、ボロ布などが適当に置いてあった。部屋の奥には錆びたダルマストーブがあり、その横には石炭を入れた木箱があったから、一応、暖を取ることはできた。

出入りしている内に、僕はこの部屋の無気味さにも慣れてきた。たいてい、ここで居眠りをするか、本を読んでいた。ちょうど真上に当たる、二階には講堂の待機場があり、時々、柱を伝って物音が聞こえてくるが、それ以外は本当に静寂しかない。

暇な時には、荷物を少し片付けた。居心地良くするためだ。そして、一枚の絵に興味を持った。それは、誰かの肖像画だったが、顔の所が黒く黴《か》びていて、造作は解らなかった。ただ、背格好からすると、僕と同じ学生であることは間違いない。

何故だか解らないが、僕はその絵に魅了された。というより、魅入られてしまったのだ。

僕は、この絵の主が、きっと自殺した青年なのだろうと思い、信じきった。時々、僕は、絵の中の身動き一つしない彼に勝手に話しかけた。自分の不幸を、自分の悲しみを、自分の苦労を、泣きながら打ち明けたのだ。

2

クリスマスにも、僕は、彼らの遊び道具にされてしまった。トナカイの縫いぐるみを着せられ、橇《そり》を引かされたのだ。彼らが乗った橇を、四つん這いになった僕が引くのである。重くて無理だと言ったら、

「トナカイがしゃべるか、馬鹿！」

と、ニキビ面のコリンに怒鳴られ、顔や腹を殴られた。

僕は必死に橇を引っ張った。最後には、僕は地面に突っ伏した。疲労困憊《こんぱい》の僕を見て、彼らは囃《はや》し立てた。他の生徒たちも、僕を弱虫と言ってケラケラ笑った。

そんなことが続き、僕は限界になった。精神的にも肉体的にも疲弊しきった。自殺するか、彼らを殺すか、どちらかしかない。そう思い詰めるようになった。

だが、彼らは権力を持ち、体も大きく、筋肉も発達し、悪知恵も働く。乗馬やホッケーやクリケットや水球の名選手で、学校のスターだ。彼らを殺すのは容易ではない。

となると、僕が自殺するしかない。それが苦しみから逃れられる唯一の方法だ。それから僕は、いつ、どうやって、どこで自殺するか、そればかりを考えるようになった。

そんなある日、学校全体が、ロダリックの森から押し寄せてきた霧に包まれた。その霧のせいで、僕の気分はさらに暗くなった。

気がつくと、絶望した僕は、あの地下室にいた。椅子に座ってうなだれ、顔を両手で覆い、泣いていた。もう生きていたくないと思った。いっそうのこと、あの三人が僕を殺してくれたらいいのに、とさえ願った。

そして、首を吊るためのロープを手にして、椅子に上がり、それを天井の梁に結び付けた。

その時だった。

——ギシリッと、急に、全世界がひび割れたような音というか、奇妙な感触がした。

底知れぬ寒さに取り囲まれ、僕は目を拭いながら、顔を上げた。そして、目に入ったのが、青年が描かれたあの絵だった。

僕は竦《すく》んでしまった。絵の中の人物が、ユラリと動いたからだ。悪寒が背筋を這い上がった。

……まだ、死ぬのは早いよ。

と、絵の青年がしゃべった。地の底から響いてくるような無気味な声だった。黴で汚れた顔の中に口が生じていて、それが音に合わせて、開いたり、閉じたりした。

僕は恐怖を感じて、震え上がった。

……悪魔に、頼りなよ。

彼は――彼の口が――また言葉を発した。

……悪魔に……頼りなよ……。

その声が、ずっと僕の耳に残っていた。頭の中で、それが文字となって渦巻いた。

気づいた時には、僕は床に倒れていた。時間を確認したら、二時間近く経っていた。

僕は立ち上がり、怖々とだが、青年の絵に目を向けた。ところが、あの絵がなかった。いや、もっと正確に言うと、絵はあるのに、その絵の中に、青年の姿がなかったのだ。太いペンで描いたような輪郭だけが残り、その中は白くて、まるで、絵の中から彼が抜け出て、どこかへ行ってしまったかのようだった。

亡霊だった。あれは、ここで首吊り自殺をした青年の亡霊に違いない……。

僕は気持ちが悪くなり、吐き気を抑えながら、ドアに向かった。悲鳴を上げたくなるのを我慢し、地下室から何とか出て、階段を駆け上がった。

それから、二、三日、僕は考え込んだ。僕の耳の奥には、あの気持ちの悪い声が残っていた。

……悪魔に、頼りなよ……。

そう聞こえた。確かに、青年はそう言った。

だが、どういう意味だろう?

僕はもっと考えた。

もともと、僕は信心深くはなかった。カトリックなのに、教会にもあまり行っていない。だから、悪魔というものがどういうものか、それすらよく知らなかった。

翌日から、僕は悪魔について調べた。図書館に行って、悪魔に関することが書かれた本を探して読んだ。残念ながら、学校の図書館には、オカルト関係のものは少なかった。

だから、休みの日に僕は町に行き、本屋と古本屋を回った。そして、悪魔に関する記述のある本を多数、買い込んだ。

僕は、それらの本を読み耽《ふけ》り、没頭した。

解ったのは、悪魔が実際に存在するらしいこと。悪魔は、人間と取引をすること。悪魔が欲しがっているものを与えると、その人間の願いを叶えてくれること。だが、悪魔は嘘つきで、よく人を騙す。信用してはいけない。信用すると、自分が不幸になるだけだ。

僕は、悪魔が味方してくれることを期待した。うまくすれば、悪魔があの三人を殺して、地獄に落としてくれるだろう。

僕は、その可能性に賭けることにした。そこで、悪魔を召喚する方法を研究し始めた。

また、古道具屋や蚤の市を覗き、神秘的なものを買い漁った。五芒星形の描かれた大きな皿、タロット用のカード、魔力の言葉が刻まれたナイフ、ブードゥの無気味な仮面、人食い人種が作ったという人間の干し首、チベットの魔術的な武器である金剛杵、ドラキュラ伯爵のモデルであるワラキア公ヴラド三世の肖像画……などなど。

そして、僕は一所懸命、ルーン文字と魔方陣の描き方を身に付けた。ある程度の知識を獲得すると、実際に悪魔を呼び出してみることにした。それには、ロダリックの森の中が最適だった。

3

この地方は、かつてのロンドン以上に霧で有名である。特に、ロダリックの森にはよく霧が発生する。だから、森の奥は、いつでもじめじめと湿っていた。

その霧の中に、悪魔が棲んでいるとの言い伝えがあり、地元の人間は恐がっている。霧が出ると、人々は森へ入ることを嫌がるし、事実、入ろうとしない。これまでにも、何人もの人が霧の悪魔の犠牲となり、無残にも食われてしまったらしい。

その悪魔の姿だが、定かではない。霧状の悪魔なので、どんな姿にでも化けられるようだ。かぎ鼻が目立つ小人の姿をしていて、人間を貪《むさぼ》り食うという話もあれば、灰色狼と野牛を足して二で割り、トナカイ風の角を生やした格好をしているという話もあった。

なんにしろ、僕はその霧の悪魔にすがることにした。

悪魔にものを頼む時は、目の前に呼び出さなくてはならない。そして、相手の欲しがるものを与える必要がある。

僕はランプを持ち、夜になってから、恐る恐る森の奥深く入った。近くの農家から子羊を譲ってもらい、紐を首に結びつけ、それを連れていった。そして、あの洞窟の前にあるちょっとした空き地に、枯れ枝を使って大きな魔方陣を描いた。

線に見える窪みには、動物の骨を焼いた灰をふんだんに撒《ま》かねばならない。僕は町の肉屋で豚の骨を大量に買って、森の中で丹念に焼き、最後は石と石とで細かく砕き、灰を作っておいた。

魔方陣というものには、太陽系にちなんで、月の魔方陣、太陽の魔方陣、土星の魔方陣などの種類がある。その中から、僕は火星の魔方陣を選んだ。というのも、何日か前の夜、ブロードウェー・タワーの立つ丘に行き、独りで泣いていると、赤い火星がくっきりと見えたからだ。それが、血のように毒々しい赤で、ひどく印象に残ったのである。

地面に棒で溝を掘り、魔方陣を描き始めた時から、だんだんと霧が濃くなった。溝に灰を入れて、魔方陣が完成した時には、乳白色のねっとりした霧が僕を包んでいた。もう、魔方陣以外の何も見えなかった。

魔方陣は、円を描き、その中に五角形を描く。五角形の中には、五かける五の方陣を描いた。方陣にはヘブライ文字で数字を入れ、縦、横、斜めの数字を合計すると、どこでも同一になるようにした。円と五角形の間にも、必要なルーン文字を書き込んだ。他にも空いている箇所があったので、そこには、十七世紀のグリモア写本にあるデーモンの記号を書いた。

最後に、僕は方陣の真ん中に捧《ささ》げ物を置いた。ナイフで殺した子羊の心臓だ。胸の所を切り裂き、まだ生温かい肉塊をつかみ出した。鮮血が肉塊と僕の手から垂れ落ちた。死ぬ寸前に、子羊はカラスの泣き声のような悲鳴を上げた。それが、深閑《しんかん》と静まり返った森の中に響き渡った。

僕はポケットに入っている霊薬を取り出した。精神を鋭敏にするという特別な薬だった。この地方にただ一人だけ生き残っているという魔女に会いに行き、なけなしの金を払って買っておいたものだ。毒キノコやら、ヒキガエルの油やら、乾かした蛇の皮やら、ナス科の植物の葉っぱやら、変な材料がいっぱい入った薬で、味も匂いもひどい代物だった。

それを飲み、一休みしていたら、死んだ子羊がまた悲鳴を上げた。気持ちの悪い鳴き声に驚き、僕はギクリと飛び上がった。

でも、これは、悪魔が近づいてきた証拠だった。

目眩《めまい》がしたが、僕は魔方陣の手前に跪き、悪魔を召喚するための呪文を唱え始めた。それも魔女に教えてもらったもので、何度も何度も繰り返し声に出した。

その内に、あたりが急に冷えだした。まるで、氷を敷き詰めた地面の上にいるようだった。白い冷気が地面を覆い始めた。それと共に、死んだ魚のような生臭い匂いもした。

「――お前か、俺を呼んだのは？」

と、低く、しわがれたような声が聞こえた。

ハッとして、僕は顔を上げた。目の前に、緑色の小鬼が立っていた。

そいつは恐ろしい姿をしていた。顔が大きく、鼻はかぎ鼻で、目は赤く光り、耳は尖り、口はその耳まで裂けていて、ギザギザの、茶色い鋭い歯が見えていた。髪の毛は、泥で太い紐を作って束ねたようだった。猫背で、肌はザラザラした緑色の鱗に覆われている。昔、動物園でコモドオオトカゲという爬虫類を見たことがあるが、あんなふうな皮膚だった。そして、手と足の指は細く、先端には長くて、黒くて、鋭い爪があった。体全体から、腐臭が漂っていた。

恐怖のあまり、僕はすくんでしまった。

「さっさと答えろ。何を望んでいる？」

と、小鬼が赤く光る目を細めて言った。口の中から、蛇の舌のような細い舌がヌラヌラと出てきた。

「あ、あの、助けてほしいのです――」

僕は震えながら、やっとのことで言った。そして、事情を説明した。

「つまり、お前を虐めている上級生たちへの復讐だな。そいつらを殺せばいいのか」

と、小鬼は怒ったような声で言う。

「は、はい」と、僕は必死で頷いた。「そうです。お願いです。あいつらに、惨めな死を与えてください」

「ああ、いいだろう。奴らをさんざんな目に遭わせてやる。だが、その見返りは何なんだ？　報酬はあるんだろうな？」

「何が、いいですか。もっと捧げ物が必要ですか」

小鬼は目を細め、舌なめずりした。

「――そうだな。次の内のどちらかだ。美しい金髪の処女を俺様に差し出すか、お前の命を三十年分寄越すんだ！」

僕は驚き、悩んだ。もちろん、僕が提供できるのは、僕自身の命だけだが、さすがに三十年分とは――。

「早くしろ！　嫌なのか！」

小鬼は怒鳴り、喉の奥で野獣のような唸り声を上げた。

僕は決心した。今さらあとには引けない。

「は、はい。僕の命を差しあげます。ですから、お願いします」

と、ブルブル震えながら懇願《こんがん》した。

「よし、じゃあ、これで契約成立だ。いいな。俺があいつらを殺したら、お前は自分の命を三十年分、俺に寄越すんだぞ。解ったな。ワハハハハハハ――」

地の底から響き渡るような声で言い、小鬼は無気味な哄笑を上げた。そして、その姿は、霧に溶け込んで、薄くなって消えていった。

「待って！」と、僕はあわてて言った。「いつ、どうやって、彼らを殺してくれるんですか！」

「記念祭の前に、旧校舎の地下室に奴らを連れ込むんだ。二時間ほど、そこから出られなくしろ。俺にはそれで充分だ。そうすれば、俺が奴らの息の根を止めてやる。あとには、三人の冷たい骸《むくろ》しか残らないというわけだ――」

白霧の中から、返事だけが聞こえてきた。それが、悪魔が僕に対して残した指示だった。

僕は恐ろしさのあまり気絶してしまった。

4

翌日の昼休みにも、僕は、旧校舎の地下室に逃げ込んでいた。トーマスら三人が朝から僕を探していて、また何か危害を加えようとしていたからだ。

――ギシッ。

本を読んでいると、床板が鳴る音がした。

僕はギクリとして、すくみ上がった。後ろを振り返ったのは、誰かが階段を下りてくる音だと気づいたからだ。僕はあわてて、物陰に小さくなって隠れた。

ドアをあけて入ってきたのは、物理学の教師であるジョン・ラッセル先生だった。年齢は三十前半。黒縁のメガネをかけていて、いつも上着の下に茶色いチョッキを着ている。童顔で、髪の毛は綺麗に撫でつけてあった。

「――そこにいるのは、誰だい？」

と、声を掛けられ、僕はむしろ安心した。

「すみません。僕です、先生――」

と、かすれた声で名乗り、立ち上がって顔を見せた。

「ああ、エドワードか。どうしたんだ、こんな所で？」

「先生こそ、どうされたんですか」

「上の、廊下のドアがあいていたから、覗いてみたわけさ。まさか、君がいるとは思わなかったよ。何をしていたんだい？」

僕は懸命に考え、適当な嘘を言った。

「実は、記念祭の劇で使う小道具を探していたんです。何か良い物がないかと思って――」

来週の水曜日に、学校の創立記念祭がある。そこで、僕たち下級生の何人かは、シェイクスピアの『ハムレット』を披露することになっていた。その演劇指導役は、昔、学生演劇をしていたというラッセル先生だったので、咄嗟《とっさ》に思いついた言い訳だった。

幸い、ラッセル先生は頷き、納得してくれた。

「そうか。私も手伝おうか」

先生は、周囲を見回した。

「いいえ、大丈夫です。必要があれば、下級生を呼んで来ますから」

「解った。まあ、気を付けて作業してくれ。古い物が多いから、怪我をしないようにな」

そう念を押され、僕は解りましたと答えた。

ラッセル先生が出ていくと、僕はほっと安堵した。

5

この土曜と日曜には、学校にいる者はそれほど多くなかった。教師で残っているのは、寄宿舎の管理人でもあるアルバート・キャピオン副学長と、ラッセル先生だけだった。生徒の中には、あの上級生三人と、僕も含まれている。トーマスらがいたのには、理由があった。

彼らは、記念祭の実行委員だった。そして、僕と下級生の何人かは、旧校舎の二階にある講堂で、ラッセル先生に見てもらいながら、『ハムレット』劇の練習をすることになっていた。

僕と下級生たちは、劇の練習の合間も大変だった。上級生三人に命じられて、学校内の飾り付けや他のいろいろな準備をさせられていたからだ。

僕は朝から、講堂で、劇の大道具を組み立てる仕事をしていた。それを知っていながら、トーマスらは僕を呼びに来た。正門の所に飾る看板とアーチの取り付けを手伝え、と言うのだ。

「すみません。先にこれを仕上げないとならないんです。ラッセル先生に、急ぎで頼まれているものですから」

と、僕は内心のおののきを隠しながら、苦しい言い訳をした。

コリンは舌打ちをして、

「それが終わったら、さっさと来いよ！　ぼんくら！」

と、私の頭を小突き、悪態をついた。

何とか難を逃れた僕だが、劇の準備が遅れているのは事実だった。舞台背景ができあがると、僕らは、演出で必要な霧がうまく出せるかどうか試すことにした。幽霊の登場に合わせて、白煙を発生させるのだ。

ちょうど、一年生のハリー・ファーガスとチャールズ・スワンが、トーマスらに命じられて、飾り付け用の風船をたくさん用意しなければならなかった。それで、僕は一緒に校舎裏の備品倉庫へ行き、そこから重たいボンベを運んできた。もともと教材にも使っていたが、ヘリウム・ガスは風船を膨らませるのに最適だった。標本作製用の冷却剤など共に、出入りの業者に頼み、一昨日、搬入済みだった。

僕たちは、ヘリウムのボンベを二本、霧を作るためのボンベを三本選んだ。鉄製の運搬台車に乗せて、旧校舎まで運んだのである。

ハリーとチャールズは、一階の空き部屋で、風船を膨らませる作業に入った。ガスを入れてから、根元を糸でくくるのである。五百個近く作るので、かなり大変そうだった。その後には、紙製の花まで作れと、上級生に命じられていた。

霧を発生させるためのボンベは、舞台の両袖に設置した。金属ホースの先端を、カーテンの下に隠した。客席からはそれで見えない。予備のボンベは、ラッセル先生の指示で、上手の奥にある衝立の後ろに置いた。

そこは待機場で、照明や音響や幕の作動スイッチなどもある。ラッセル先生が、ダルマストーブを焚いてくれたので、広い講堂の中でそこだけはほんのりと暖かかった。

「――よし、やってみようか」

ボンベに金属ホースを繋げたラッセル先生が、僕らに言った。

舞台の袖に戻った僕とハリーは、ラッセル先生に合図した。先生がバルブを開くと、金属ホースの先から白煙がもくもくと出て、舞台の床をそれが這っていき、本物の霧が生じたように見えた。実際には、舞台上の空気が冷却剤で急激に冷やされて、こういう現象が起きるのだった。

「ありがとう。うまくいった。これで、ハムレットの父王の亡霊が出る場面は印象的なものになるぞ。第一幕第五場こそが、この劇の最大の見せ場だからな」

と、ラッセル先生は嬉しそうに言った。

僕は、先王ハムレットの亡霊役だった。重要な役であり、脚本は二週間前から読み込んで暗記していた。オフィーリアなど、女性の役柄は、地元の素人演劇団の人に頼んであり、夜の通し稽古の時には来る手筈だった。

バルブをしめたあと、ラッセル先生は僕ら全員の顔を見回して頼んだ。

「じゃあ、みんな。今夜、食事の後に通し稽古をするから、よろしく頼む」

予定していた午前中の作業が終わったので、僕らは休憩に入ろうとした。すると、上級生三人がそれを狙って、僕らを呼びに来た。

「門の所に、柊でアーチを作るぞ。その鉢植えを植物園から持ってくるんだ。あっちにたくさんあるからな」

と、トーマスが偉そうに命じた。

一年生のオリバーが、ヘトヘトの顔で、

「少し、休んでいいですか」

と言うと、トーマスは彼の頭を叩いた。

「休みたいなら、鉢植えを運びながら休むんだよ。そうじゃないと、準備が終わらないじゃないか」

と、無茶なことを平然と言った。そして、下級生が二人ほどいないことに気づくと、

「あいつらはどうしたんだ？」

と、不機嫌な声で問い質した。

答えたのは、二年生のバージルだった。

「昨日、少し雨が降ったので、テニスコートの整備をしています」

「誰の命令だ？」

「キャピオン副学長と、四年生のサンダースさんに頼まれたんです。記念祭には、テニスの

試合もありますから」

「いいから呼んでこい」と、トーマスは強く命じた。「こっちの仕事の方が優先だ」

トーマスが意地悪を言ったのには、別の理由もあった。テニスの名手であるマック・サンダースと、前々から仲が悪かったからだ。

結局、そのせいで、コートの整備は終わらなかった。ローラーで地面を固め、薄く砂を撒き、白線を引き、ネットを張っておく手順だったが、一年生は、砂を撒くところまでしかできなかった。

「マックが使うコートだ。整備は、あいつが自分でやればいいのさ」

と、トーマスはせせら笑った。

他の下級生と共に、僕も植物園へ行こうとした。ところが、コリンが僕の襟首をつかみ、引き留めた。そして、森の方を指さし、

「おい、エドワード。お前はちょっと待て。お前、最近、やたらとロダリックの森へ入り込んでいるじゃないか。あそこで、何をしているんだ？」

と、冷たい顔で質問してきたのだった。

「いいえ。何でも、ありません。静かな所で、読書をしたくて、それで……」

と、僕はビクビクしながら嘘を言った。

「ふん。そうか。俺はまた、お前が、あの森にいるという悪魔に会いに行っているのかと思ったぜ」

と、コリンは皮肉たっぷりに言った。

「ま、まさか。あれは、噂です……」

僕は首を振ったが、コリンはニヤリと笑って、

「まあ、いい。そんなに悪魔みたいなものが好きなら、この学校にいる亡霊に会わせてやる。旧校舎の奥に地下室があるのを知っているか。あの地下室には、昔から亡霊が棲んでいるという話だ。あそこにお前を一晩、閉じ込めておいてやるさ。そうすれば、お前はその亡霊と友達になれるじゃないか」

と、脅かすように言うのだった。

たぶん、僕は真っ青になっていただろう。だが、これは好機だとも思った。向こうの方から、地下室のことを持ち出してくれたのだから。

「い、いいですよ。ですが、その前に、先輩たちがあそこで過ごしてみてください。それとも、怖いですか。亡霊が」

僕は精一杯の勇気を出して、馬鹿にしたように言った。

案の定、コリンは怒りだした。

「お前、誰に言っているんだ。俺たちに怖いものなんかあるものか！」

「じゃあ、今夜、下級生による『ハムレット』の舞台稽古があるので、その間、三人であの地下室にいてください。二時間くらいはかかります。その間に、先輩たちが逃げ出さなかったら、僕の負けです。何でも言うことを聞きますよ」

「ようし。その言葉を忘れるなよ！　そして、あとで、お前をあそこに閉じ込めてやるからな！」

と、コリンは意地悪い目で見ながら言い、仲間たちにこの話を告げた。もちろん、他の二人も面白がって、また僕を虐める材料ができたと喜んでいた。

6

軽い昼食を取ってから夕方まで、僕と他の下級生は、先輩たちの命令に従って働き続けた。校庭では、キャンプファイヤー用の焚き火台作りまでさせられた。

その横で、トーマスがジャックに言った。

「記念祭まで、天気は持つかな？」

「ラジオで天気予報を聞いたが、大丈夫そうだ。ただ、曇りの日が続くから、少し肌寒くなるかもな」

ジャックは、雲の多い空を仰ぎ見て答えた。

「今夜はどうなんだ？」

「これから、冷え込むだろう」

それを聞いて、トーマスが目を細めながらほくそ笑んだ。

「そうか。だったら、いいことを考えたぞ」

「何だ？」

「あのな――」

と、トーマスが声をひそめ、例の意地悪い顔をして、ジャックの耳に口を付けて、何か囁いた。

僕はまた、二人が僕を虐める計画を立てているのではないかと嫌な気持ちになった。

その時、ラッセル先生がやって来て、

「おい、みんな。どうだい、準備の進み具合は？」

と、みんなに親しげに声を掛けた。

「順調ですよ、先生」

と、ジャックがしたり顔で言うと、

「そうか。もうすぐ夕食だ。時間になったら、食堂に来てくれ」

ラッセル先生は、看板やアーチの出来具合などもじっくり見ながら立ち去った。

少しすると陽が沈み始め、森の方から霧が出て来た。地を這うような霧である。僕は、悪魔が近づいてきたぞと、ひそかに喜んだ。この霧に紛れて、悪魔がトーマスらを殺しに来るのだろう……。

陽が完全に沈み、学校は濃い霧に包まれた。普通なら、霧が出る時はあまり寒くないのだが、今夜は違った。気温はけっこう下がり、ずいぶん肌寒かった。

「俺は用事があるから、先に行っていいぞ」

と、トーマスが友人二人に言った。

ジャックは振り返ると、僕たち下級生に命じた。

「おい、のろまたち。校舎へ入るぞ」

食堂の入口で僕らを出迎えてくれたのは、いつもどおり、にこやかな顔をしたキャピオン副学長だった。

その後ろに、白衣を着た、まかないのグライムズさん夫婦がいた。御主人のマットはかなり太っていて、奥さんのエマはマッチ棒のように痩せている。食事の内容は予算が限られているので質素だが、彼らの料理の腕が良いので、味はとても良く、僕は大好きだった。

僕も他の下級生もヘトヘトだったけれど、食欲はあった。これが若さというものだろう。

夕食後に、『ハムレット』の劇に出る連中と共に、僕は旧校舎に向かった。外は濃霧で、街灯の橙色の光もぼやけ、ほとんど何も見えなかった。

三人の先輩も少し後からやってきた。ラッセル先生はまっすぐ舞台の待機場に行き、扮装道具などの点検を始めた。劇の本番では、みんなが鬘《かつら》を被り、中世の衣装を着なければならないからだ。

午後七時から、『ハムレット』の通し稽古が始まる。町の劇団の女性たちもやって来た。始まる前に僕は、他の仲間と同じように脚本を読み返そうと思った。

ところが、コリンが来て、僕を呼びつけた。

「おい、エドワード。ちょっと来い。例の件だ」

彼と一緒に、一階の奥へ行くと、トーマスらが廊下の突き当たりで待っていた。窓から外を見ると、夜の暗さと霧の白さが混じり合って混沌としていた。

もうじきだ……もうじき、僕の復讐が始まる……悪魔が、ここにやって来るのだ……いや、もう来ているはずだ……。

興奮と不安とで、僕の心臓は強く鼓動を打った。だが、僕は懸命に平静を装い、挑戦的に言った。

「先輩。約束を覚えていますか。地下室で二時間ほど、過ごすんですよ」

「ああ、もちろんだ、エドワード。そんなこと、何でもないことさ」

と、コリンが鼻の頭にしわを寄せて言った。

トーマスも皮肉な笑みを口の端に浮かべ、

「俺たちの後は、お前が入るんだぞ」

と、僕の胸をこづいた。

「かまいませんよ。ですが、劇の練習の後になりますけど、いいですか」

と、僕は断わった。

「ああ、それでいい。夜は長いからな」

と、彼らは僕の要求を呑んだ。

「びびって、小便をもらすんじゃねえぞ」

と、コリンが言い、侮蔑的な目で僕を見た。

「じゃあ、さっそく始めようぜ――」

と、ジャックが言い、トーマスが頷く。

暗く、汚れた階段を、僕らは下りた。三人に続いて、僕も地下室へ入った。底冷えのする寒さだった。足音も妙に甲高く聞こえた。壁や天井に反響している。

地下室の空気も、かなり冷えていた。電灯の光もやけに力がなく、薄暗くて、いつもより影が多かった。

「火を焚くか」

と、トーマスが提案し、ジャックが石炭をスコップですくい、ストーブの中に何杯か放り込んだ。コリンがマッチでボロ布に火を点け、石炭の上に投げた。少しして、石炭も燃えだした。

「――これで、よし。エドワード、出ていって、二時間後に戻ってこい。地下室のドアは、外側と内側から錠前をかけることにする。内側には、初めから付いている鍵と閂がある。外側からは、南京錠をかけてもらおうか。ドアの横に南京錠と鎖がぶら下がっていただろう。お前がそれで、ドアの施錠を強固なものにしろ。そして、南京錠の鍵はずっと持っているんだ」

「解りました」

僕は素直に頷き、部屋から出た。ドアをしめて、中の閂がかかる音と、鍵穴に刺さっている棒鍵が回る音を聞いた。それから、僕は鎖をドアノブに回し、横の錆びた金具の隙間に通した。最後に、鎖が解けないように南京錠で固定し、その鍵をズボンのポケットに仕舞い込んだ。

「――じゃあ、行きますよ」

僕は、ドア越しに声をかけた。

「ああ、二時間後に戻ってこい」

と、トーマスが元気な声で言った。

「怖くなったら、いつでも叫んでくださいね」

わざと挑発的に言うと、コリンが、

「調子に乗るな、エドワード！　お前、生意気だぞ！」

と、すかさず怒鳴り返してきた。

でも、僕は平気だった。もうすぐ、霧の悪魔か、ここに居着いている亡霊が、三人の先輩を殺してくれる。絶対にそのはずだから……。

7

……今頃、地下室ではどうなっているんだろう？

当然のことだが、『ハムレット』の練習中、僕は集中できなかった。寒さもあって、出番以外、僕は客席にある椅子に座り、先輩たちのことを想像しながら、ずっと貧乏ゆすりをしていた。

悪魔は、僕との約束を果たしてくれるだろうか。

だとしたら、次は、僕が約束を守らないといけない……。

「エドワード。君は父王の亡霊の役なんだから、もっと観客を怖がらせるんだ。陰鬱《いんうつ》な表情と、暗い声で話さないといけない」

と、僕はラッセル先生に注意された。先生は上手の舞台袖に椅子を置いて座り、みんなの指導をしていた。そして、僕とハムレット役のダン・ギブソンが会話する場面になると、カーテンの脇から白い霧を少しずつ噴出させた。

床が白い薄霧で覆われ、それが舞台の端から客席の方へ流れ落ちていく。僕らが歩くに連れて、霧がまとわりつくように揺れて蠢《うごめ》く。物凄く神秘的で、雰囲気が高まっていった。

ただ、上手の霧の出が早めに止まってしまった。ボンベや仕掛けの点検は、あとでラッセル先生がするというので、僕らは劇の練習を続けた。

自分の出番が終わり、僕は客席の椅子に戻った。そして、次の幕の様子を見ている間に、僕はどこまでが現実で、どこからが夢幻か解らなくなった。いつしか僕は、分厚く広がる白い霧の中をさまよっていた……。

……フワフワした気分だった。自分の体が空中に浮かんでいる感じがした。真下にある霧のスクリーンに、何かの映像が浮かんできた。それは、地下室の様子だった。天井のあたりに僕が浮かんでいて、ストーブを囲む、トーマス、コリン、ジャックの三人が見えた。

彼らは、僕の悪口を言っていた。すると、窓やドア、天井の節穴や壁の繋ぎ目などから、白い霧が室内に進入しだした。ストーブの熱が弱まる。彼らは気づかないでいたが、すぐに部屋中が霧でいっぱいになった。

そして、その霧が集まり始めた。上級生たちの背中の上で固まって、半透明で、緑色をした、三匹のゴブリンになった。そいつらは、上級生たちの首を、爪の長い、ほっそりした指で容赦なく絞め始めた。

それだけではなく、ゴブリンは短い鉄製の槍を持っていた。槍先は三つある。ゴブリンはそれを、上級生たちのうなじに突き刺した。

トーマスは最後の悲鳴を上げた。ゴブリンが槍を引き抜くと、そこから鮮血が噴き出した。

上級生たちは、バタバタと床に倒れた。目からスッと光が消える。あいた口から涎が垂れ、舌が横にこぼれ出る。手足だけではなく、体全体がピクピクと痙攣《けいれん》していた。そして、時間をかけずに、彼らはまったく動かなくなった。

死んだのだ。霧の中の悪魔が、僕との約束どおり、彼らの命を奪ったのである。

……ざまあみろ。

僕は嬉しかった。

霧はだんだん薄れていった。流れ込んできたのと逆に、隙間という隙間から外へ出ていってしまう。後に残ったのは、底知れぬ静寂だけだった……。

――ハッとして、目をあけると、下級生のハリーが僕の肩を揺すっていた。

「ど、どうしたんだい？」

「練習は終わりましたよ」

「今、何時？」

僕は寝ぼけ眼で、彼に尋ねた。まわりを見たが、僕とハリーしか、講堂にはいないようだった。

「もうすぐ十時です。ラッセル先生に、ここをしめておくよう、言われました」

では、あれから三時間近く経っている……。

僕は頭を振り、目をこすりながら立ち上がった。まだ夢見心地だ。足が地に着いていない感じがする。

僕とハリーで、講堂内を見てまわり、最後にドアに鍵をしめた。待機場もだいぶ前にストーブを消したらしく、非常に寒かった。

「ハリー。職員室へ鍵を返しに行く前に、地下室へ付き合ってくれないか」

「何故ですか」

僕は、彼に事情を話した。肝試しの賭けを、上級生三人としていると偽って。

普段の彼なら、あの三人の先輩に近づくのを嫌がっただろう。なのに、彼も明るい顔で、

「いいですよ。何なら、僕もエドワードさんと一緒に、地下室で過ごしますよ。二人なら、亡霊が出ても怖くないですからね」

と、楽しむように言ってくれた。

僕は急がなかった。ハリーと映画の話をしながら、ゆっくりと地下室まで歩いた。どうせ、彼らは死んでいるのだから……。

嬉しくて、にやつきたくなるのを必死に隠した。さすがにそれでは、ハリーに変に思われるだろう。

一階の廊下の突き当たりまで来て、僕は周囲を見回した。何の物音も聞こえない。僕はハリーと目を見合わせ、深呼吸してから、ドアをあけた。階段の電気は点いていた。耳を澄ましたが、やはり物音はしない。

約束の時間は、とうに過ぎているのに……。

……ということは、やはり。

僕が先に立って、階段を静かに下りた。ひどく寒い。

地下室のドアは、僕が出た時と同じく、鎖と南京錠で施錠されていた。

僕は、中に向かって呼びかけた。

「先輩。エドワードです。時間になったので、戻ってきました」

しかし、深閑と静まり返っている。聞こえるのは、ハリーの息をする音だけだった。

僕はドアを拳で叩いた。それでも、返事はない。少し屈んで、鍵穴を覗く。内側から棒鍵が刺さっている。

「変ですね。先輩たち、出て行って、いないんですかね」

ハリーが首を捻った。

「鎖も南京錠も掛かっている。それはないよ」

と、僕はそれらを指さして言った。

本当は、中で、彼らは死んでいるのさ――。

と、言いたかったが、僕は我慢した。

その代わりに、ハリーに小さな鍵を渡して頼んだ。

「南京錠をはずし、鎖も解いてくれ」

ハリーは頷き、言ったとおりにした。そして、ドアノブを回したが、やはりドアはあかない。

「内側から施錠されていますね」と、彼は怪訝な顔で言った。「――どうして、返事がないんだろう。また、僕らをからかう気なんですかね」

僕はふたたび、ドアを強く叩いた。

「トーマスさん！　コリンさん！　ジャックさん！」

と、大きな声を出したが、応答はない。

もちろん、あるわけないさ……。

「他に、出入口はないんですよね？」

ハリーは不思議そうに言い、僕は首を振った。

「ここしかないよ。明かり取りの窓があるけど、狭くて、小さすぎる」

ハリーは青くなり、

「ま、まさか、亡霊に――」

と、掠れた声で言った。

そうさ！　悪魔が約束を果たしてくれたのさ！

さっき僕が見たのは、正夢だったんだ！

いいや、悪魔が、この部屋の中で起きたことを、僕の脳裏に伝えたのだ。映画のように見せてくれたんだ！

と、僕はひそかに歓喜の気持ちを味わったが、それを顔に出すことはできなかった。

「亡霊なんて、いないよ」

と、僕は首を振った。そして、もう一度、三人の名前を呼び、拳でドアを強く叩いた。

「ど、どうします？」

と、ハリーが怯えた目をして言った。

「君の言うとおり、きっと、上級生の悪戯《いたずら》さ。わざと答えないで、僕らを脅かそうとしているんだろう」

と、僕も怖がっている振りをしながら、答えた。

「でも、違ったら？　もしかして、中で、三人とも気絶していたり、死んでいたりしたら――？」

と、ハリーは絶望的な顔で、想像を口にした。

「死んでる？」

「何か、事故があったんですよ」

僕は考える振りをして、

「そう言えば、部屋に入った時、彼らはダルマストーブに火を入れていた。もしかして、その火が燻《くすぶ》って、一酸化炭素だっけ？　二酸化炭素だっけ？　中毒になったのかもしれない」

「それはあり得ますね。だったら、早く助けないと。ドアを蹴破りますか」

ハリーは焦り顔で尋ねた。

「どうだろう。錠前だけじゃなく、閂もかかっているから、簡単じゃない」

「では、どうしますか。誰か、先生を呼んできますか」

「うん。それがいい。だけど、その前に地下室の様子を見よう。建物の裏に回ったら、地下室の明かり取りの窓から、中が見えるんじゃないか――」

僕はそう提案すると、階段を駆け上がり、ハリーを連れて建物の外へ飛び出した。

外はひどく寒かった。しかも、湿気を帯びた濃密な霧が立ちこめていた。街灯の弱い光を頼りに、目を懲らして進んだが、まるで、霧の沼の中で溺れているかのようだった。

普通、霧が出るのは、気温が四、五度の時だ。しかし、今はそれ以上に寒いと思った。つまり、この霧は本物ではなく、悪魔が作ったものに違いない……。

僕らは旧校舎の裏に回り、路地に入った。地面すれすれにある小窓が、内部からぼんやりと光っていた。

僕は、地面に膝を突いて四つん這いになった。窓の大きさは、縦が十五センチほど、横が六十センチもない。当然、普通の人間がここから出入りするのは無理だ。曇りガラスは土埃で汚れていたので、中の様子はぜんぜん解らなかった。

「トーマス！　ジョン！　コリン！」

僕は彼らの名前を呼びながら、指でガラスを叩いた。もちろん、何の返事もなかった。施錠されているから、あけるのも無理だ。

「エドワードさん、ここから中が見えるかも」

と、ハリーが言い、少し右手に寄った。小窓と同じ高さで、壁に丸い穴があいていて、そこからブリキの煙突が外に出ている。立ち上がった煙突は屋上まで続いていたが、途中で、二階から出てきた別の煙突と繋がっている。

ハリーは、煙突の周囲にかたく押し込んであった石綿を苦労して取り去った。そして、ブリキが変形するくらい煙突を穴の片側に押しやり、わずかだが隙間を作った。彼はそこに、片目を近づけた。

「ヒッ！」

その途端、ハリーは驚愕と恐怖で喉を詰まらせ、後ろにひっくり返った。

「どうした⁉」

僕は叫び、尻餅を突いている彼をどかし、隙間から覗いてみた。

――背筋に冷たい電流が走った。

先輩たち三人が、床に倒れているのが見えたからだ。ドアと暖炉の間くらいに固まっている。トーマスは仰向けで、ジャックは俯せで、コリンは体を丸めて横倒しになっていた。共通しているのは、三人全員が、苦悶の表情を浮かべていたことだ。

目が見開いているのは、何か無気味なものを見るか、襲われるかして、恐怖の瞬間が焼きついたからだろうか。

霧の中の悪魔だ！

ゴブリンの姿をした悪魔だ！

あいつが、やってくれたんだ。僕との約束を守って、上級生たちを殺してくれたんだ！

ざまあみろ！

僕を虐めた罰だ！

これで、僕は自由になった！

内心、僕は嬉しくてたまらなかった。

何もかもが、僕の願ったとおりになった。憎い先輩三人が、この世からいなくなったのだ。

これで、僕の命三十年分なら安いものだ……。

後編◉うつろなものの殺人

1

一九四六年一月下旬——。

ヨーロッパ全体に多大な被害をもたらした世界大戦が終わって半年近いのに、ヘンリー《H》・メリヴェール《M》卿は、情報局を解任されたことについて、未だに文句を言い続けていた。しかも、周囲の役人たちが、自分を上院議員に祭り上げようとしていると、完全に思い込んでいた。

「——とにかく、わしは暇なんだ。退屈しとるんだよ。エドモン・ダンテスが監獄に押し込められていたように、もう何年も、ホワイトホールに閉じ込められている。わしには、もう本当の仕事がないのだよ」

というのがH・Mの最近の口癖で、ホワイトホールの御大の部屋へ誰かが訪れると、必ず聞かされる文句だった。

H・Mは、体重二百ポンドを誇る太鼓腹の肥大漢だ。大きな頭は綺麗に禿げ上がっていて、鼈甲縁《べっこうぶち》のメガネを掛けているが、鼻が平べったいので、ずれ落ちていることが多い。口はへの字に曲がっていて、その見掛けどおり、大変な不平家である。

以前、H・Mの部下として働いたケンウッド・ブレイクなどは、その同じ愚痴をもう何十回も聞いていた。

長い付き合いだから、彼は御大の性格を熟知しており、御機嫌を取るのが誰よりもうまかった。他にそんなことができるのは、ロンドン警視庁のマスターズ主任警部しかいない。

「わしはもう老いぼれてしまった。今朝も、この部屋の絨毯の破れ目に足を引っかけて、盛大に倒れたんだ。これで今週に入って、三度目だぞ。今までこんな穴は意識せずとも、華麗によけて通っていたのにな」

御大は入口近くにある絨毯の穴を指さし、憎々しげに言った。

「ヘンリー卿。そんな失敗は誰にでもあります。だいいち、愚鈍な政治家はともかく、世間一般の人々は、あなたの活躍をまだまだ期待しているんです。奇怪な謎に対する探偵なら、あなたの右に出る者はいない。あなたの推理はいつも完璧で、芸術的ですらありますからね」

　と、ケンは、Ｈ・Ｍが良い気分になるよう、ひたすらおだてた。

　その上で彼は、Ｈ・Ｍの頭を悩ませるような不可能犯罪が起きてくれることを願った。捜査と推理に体と頭を使っている時だけは、愛用の葉巻を吸っている時と同様に――たとえ、悪態を吐いていようとも――御大の機嫌が良かったからだ。

「好きなものはこたえられん！」

　というのがＨ・Ｍの口癖だが、無論、密室殺人のような不可能性の強い事件のことを指していた。

　そんなＨ・Ｍの強い興味を引く犯罪が、イングランドのウスターシャーにあるブロードウェー大学で起きた。

　内容を詳しく知ると、以前、ロイヤル・アルバート動物園で起きた密室殺人〔注『爬虫類館の殺人』〕や、サリー州でハリウッド女優が殺された時に発覚した足跡の問題〔注『白い准僧院の殺人』〕を思い起こさせる部分があった。つまり、超自然的な力が働いたとしか思えない怪奇性が顕著だったのである。

　その事件発生の夜――土曜日の夜――に、Ｈ・Ｍとケンは、引退した老辞書編纂家《へんさんか》の別荘に招かれていた。その人物はＨ・Ｍより十三歳年上で、Ｈ・Ｍよりも太っており、かなりの大酒飲みだった。犯罪学にも精通しており、以前には、ロンドン警視庁で顧問役を務めていたこともある。

訪れた別荘はこぢんまりした古城で、前の持ち主が集めた中世の武器や甲冑などが飾られていた。それらを見物に来ないかと老辞書編纂家がＨ・Ｍを誘い、ケンも同行することになったのである。

暖炉の前に座り、夜遅くまで、みんなで深酒をした。よって、Ｈ・Ｍもケンも、起きたのは午前九時頃であった。二人が身支度をしていると、地元の警察から、分厚いコートを着たマーチン・ウエスト警部がやって来た。

挨拶もそこそこに、中年の警部は、老辞書編纂家に困り顔で頼んだ。

「この近所にあるブロードウェー大学で、奇怪な殺人がありました。学生が三人、死んでいます。異常な殺人現場で、我々では手に負えません。手助けをお願いできませんか」

しかし、太った主人は首を振り、

「いや、すまんな、ウエスト警部。前にも言ったとおり、わしは完全に引退したんじゃよ。それに、わしの右腕だったハドリー主任警部補も、もう退任してしまっておらんしな。だが、君はついているぞ、ウエスト警部。こちらのヘンリー・メリヴェール卿はな、わし以上の名探偵なのじゃ。現役も現役。ロンドン警視庁のマスターズ主任警部を助けて、何度も名推理を披露しておる。だから、この際、ヘンリー卿に事件の謎を解いてもらいたまえ」

という推薦があり、ウエスト警部があらためて協力要請をすると、H・Mもまんざらではない顔で言った。

「だが、わしも普通の事件は好かん。頭を使わずとも解決できるようなものなら、わしの出る幕がないからな」

ウエスト警部は青い顔で、懇願した。

「でしたら、問題はありません、ヘンリー卿。これは神秘的で、尋常ならざる犯罪です。何しろ、姿なき悪魔によって行なわれた殺人かもしれないからです。

犯人は、密室状態の地下室に入り込み、三人の大学生を殺すと、壁を擦り抜けて外に出たと思われるのです。そして、近くにあるテニスコートの真ん中まで歩いていき、そこまでの足跡だけを残して、忽然と消え失せてしまいました――」

2

「――すると、何か。犯人が告白したと言うのか！」

と、雷のようなヘンリー・メリヴェール卿の怒り声が、警察の車の中に響いた。

運転は若い警察官がしており、ウエスト警部は助手席、後部座席にはH・Mとケンが座っていた。

ウエスト警部は肩越しに振り返り、

「ええ。少なくとも、エドワード・スミスという大学二年生の青年は、そう言っています。自分が、学校の横にあるロダリックの森から霧状の悪魔を召喚して、そいつに上級生三人を殺してくれるよう頼んだのだと」

と、困ったように説明した。そして、彼は、エドワードが語った無気味な話の詳細を、H・Mに伝えたのだった。

さらに、旧校舎の地下室で、トーマス・ギア、コリン・ウッドハウス、ジャック・ラドクリフの三人の死体が見つかり、外では、地下室の小窓の所からテニスコートの中央まで誰かの足跡が続き、そこで忽然と途切れていたことも話した。

「地下室のドアは、内側と外側から施錠されていました。錠前はどこにでもあるイエール錠で、棒鍵は内側から鍵穴に刺さったままでした。その下には閂もかかっていました。外からは、ドアノブに鎖を巻いて南京錠がかってあったのです。

小窓は部屋の北東の角を挟み、その両側にあります。低い天井すれすれの所に設けられていますが、横長の狭いもので、猫でもなければ通り抜けられません。しかも、楔状の留め金でしっかり施錠されていました。埃の具合からしても、近頃、窓に触った者がいないのは明らかです」

と、ウエスト警部は困った顔で言った。

「それだけ聞くと、なかなか厳重な密室なようだな。確かに、誰も出入りできたようには思えん」

車に乗り込む時にぶつけた額を撫でながら、H・Mは、そう認めた。大きなたんこぶができ始めていた。

「もちろん、抜け穴などはありません」

「三人の死因は何だ?」

と、H・Mは低い声で尋ねた。

「検死がまだなのではっきりしませんが、襟首に細長いナイフで刺された傷があります。凶器は部屋の中にはありませんでした。ですから、被害者三人がそこで殺し合ったということもありません」

「その上、現場の外に怪しい足跡があるのだな?」

「一筋だけの足跡なんです。それも奇怪な点ですね。建物の東側にある路地には、エドワードとハリーとラッセル先生の足跡が残っていますが、これらは問題ありません。彼らの行動どおりのものですから。

問題は、建物の北側にあるものです。小窓の横から端を発して、テニスコートまで続いています。来た時の足跡はないので、まるで、室内にいた犯人が壁を擦り抜けて外に出て、歩き去ったように見えるわけです」

「どんな形状だった？」

「平らで、靴底の溝などはありません。故に、犯人は、中世の革靴か何かをはいていたのでしょう。歩幅は、普通の大人くらいです」

H・Mはふんと嘲笑った。

「白雪姫の小人か、ゴブリンの足跡だと言うのか。ならば、お主の頭も相当に狂っておるな。そんなのは、足跡が手掛かりにならないよう、犯人が皮を靴に巻いて歩いたに決まっておるさ。迷信深いのもほどほどにしておけ」

「すみません」

と、ウエスト警部は恐縮顔で謝った。

「ふうむ」と、H・Mは不機嫌な音を喉の奥で出した。「戦争中には、ハーマン・ペニイクのような偽超能力者が現われ、世間を謀《たばか》るようなことがよくあった〔注『読者よ欺かるるなかれ』〕。わしはこれまでも、そんなペテン師たちの欺瞞《ぎまん》を、ことごとく暴いてきたものさ。ところが、世の中が落ち着いても、まだ安心はできん。学問の府であり、良識の府でもある大学で、悪魔に殺人を頼んだなどと世迷い言を述べる学生がいるとはな。世も末だぞ」

身を乗り出すようにして、ケンは尋ねた。

「警部。悪魔に関する妄言はともかく、実際にエドワードが犯人だという可能性は？」

「解りません。しかし、殺された三人が地下室にいた間、彼は二階の講堂で演劇の練習をしていました。それは、一緒にいた指導係のラッセル先生や、他の生徒も一致した証言をしています。

また、死体を発見する際には、下級生のハリー・ファーガスと一緒でした。ずっと二人で行動していて、事件が起きたと、すぐにラッセル先生を呼びに行っています。つまり、確実なアリバイがあるということですね」

「にもかかわらず、三人を殺したのは自分だと言い張っているのですね？」

ケンは呆れたように言い、ウエスト警部は頷いた。

「そうなんです。『僕が自分の命と引き替えに、悪魔を呼び寄せ、殺人をやらせました』と主張して、ニヤニヤと笑ってばかりいるんです」

「ならば、エドワードは頭が狂っているか、森で幻覚作用のある植物を口にしたに違いありません。そう言えば、魔女から変な薬をもらったと話していたんですよね？」

「ただ、彼の話から悪魔や亡霊のことを除外すると、事件の様相や現場の状況と合致します。また、ハリーの証言とも齟齬《そご》はありません」

H・Mは腕組みし、目を閉じると、

「昔のことが思い浮かぶな」と、苦い口調でぼやいた。「――そこで過ごすと、必ず死人が出る部屋。あかずの間。肝試し――〈ギロチンの間〉と呼ばれる部屋がある家で、同じようなことが起きたんだ〔注『赤後家の殺人』〕。亡霊が棲みついているとか、そういう下らない言い伝えがある場所では、どうもろくなことが起きないようだ」

3

三十分ほどで、警察の車は、大学の旧校舎の前に到着した。晴れてはいたが、冷たい風が少し吹いていた。

「――で、容疑者のエドワードは、今、どこにいるんだ？」

太っているが故に車を苦労して降りながら、H・Mは不機嫌な声で尋ねた。わしは絶対に、狭くて急な階段を下りはせんぞ、という文句が、目つきにもへの字に曲げた口の端にも現われていた。

「自分の部屋に閉じ込め、見張りの警官を付けてあります。その他の者は全員、食堂に集めてあります」

そう言って、ウエスト警部は新校舎を指さした。

「死んだ学生たちの死体は、まだ地下室にあるのかね」

「そうです。それから、テニスコートまで続く怪しい足跡もそのままにしてあります」

「では、先にそれを見せてくれ」

H・Mに言われて、ウエスト警部は、一同を旧校舎の裏に連れていった。地下室は北東の角にあり、エドワードらが覗き込んだ明かり取りの小窓は東側のものだった。その上の壁には、直径二十センチほどの丸い穴があり、ブリキ製の煙突が突き出ている。煙突は直角に折れて、まっすぐ屋上まで立ち上がっていた。

「最初に、ここから彼らは中を覗きました」

ウエスト警部は、壁の穴から出ている煙突を指さした。ブリキが変形して三日月形の隙間ができている。地面には、ハリーが取り去った石綿が落ちていた。

「窓ガラスは、何故、割れているのですか」

ケンは膝をついて屈み、小窓を指さした。

「異変に気づいたハリーたちが、ラッセル先生を呼んできました。そして、先生が棒きれを拾って割りました。中をよく見るためと、上級生たちがガス中毒に陥っていた場合のことを考え、新鮮な空気を入れるためです」

地下室の中は、裸電球が点いていたが薄暗かった。確かに、ストーブの向こう側に、三人の死体が横たわっている。

立ち上がったケンは、煙突を指さして尋ねた。

「ヘンリー卿。この隙間を使って、中のドアの施錠などはできないでしょうか」

額のこぶを撫でながら、H・Mは即座に否定した。

「だめだな。石綿の状態や汚れを見ると、ハリーが取り去るまでは、きっちりと煙突の周囲に押し込められていたようだ。

それに、ここからドアまでは距離がありすぎるし、間には邪魔なストーブもある。長い糸や長い棒を使うとしても、これっぽっちの隙間では、鍵穴に刺さった鍵を回転させたり、閂を差したりすることは無理だ。

隙間を使って可能なのは、せいぜい、エドガー・ウォーレスの『新しいピンの手掛かり』

に出てくるトリックぐらいだろう。しかし、今回の密室は、あの小説に出てくる状況とは異なっている」

「そうですね」

ケンは素直に頷いた。

「ヘンリー卿。怪しい足跡はこちらにあります」

と、ウエスト警部は、北側の路地へ二人を移動させた。

そちら側の小窓の横から始まって――まるで、何ものかが、壁を通り抜けて外に出てきた感じで――靴底の溝がない、浅い足跡が続いていた。昨日はまだ、一昨日の雨で少し地面が柔らかかったのだろう。だから、足跡が残ったのだ。

「建物から出て、去って行く足跡だけか――」

と、下唇を突き出し、H・Mが呟いた。

ウエスト警部は足跡を踏まないように気を付けながら、二人を案内した。

足跡は、路地の途中から北側の小道へ折れて、すぐに、裏手にあるテニスコートへと入っていた。乱れた感じはいっさいなく、歩幅はやや狭めだった。

テニスコートは芝面《ローン》ではなく土面《クレー》で、中央の左右にポールが二本立っているが、ネットは張ってなかった。

足跡はテニスコートの南東の角から入り、センター線を過ぎた所で西へ向かい、一メートルほど行って、忽然と途絶えていた。まるで、そこで足跡の主が空気に溶け込んで霧散したか、垂直に、空高く飛んでいってしまったかのようだった。

下級生の話だと、昨日、ここを重いローラーで平らにならし、全体的に薄く砂を撒いたという。だから、足跡がしっかり残ったし、それ以外の痕跡は——たとえば、板を並べるとかしたようなものも——皆無だった。

テニスコートの四方には、密集した灌木が植えてある。その四隅に、出入りのための切れ間があった。西側の灌木の外は、それに沿ってアスファルトの小道が通っており、敷地外に鬱蒼と広がる森との境を示していた。

テニスコートの半面は、縦が約十一メートル、横が約十二メートルである。ベースラインの後ろにもプレイをするための空間があるから、足跡の途絶えた所から、バックストップ代わりの灌木まで、約十七メートルはある。鳥でもなければ、どんなに跳躍力のある人間でも、そこから灌木へ飛びつくことなどはできない。

H・Mは眉間にしわを寄せ、ケンに催促した。

「この不可解な足跡に関して、どのようなトリックがあり得るか、お主の考えを聞こうか」

「そうですね——たとえば、大きな気球を使って、空中に飛び上がって逃げたとかはどうです。そう言えば、一年生のハリーたちは、ヘリウム・ガスを風船に入れて膨らませていましたね。それらを全部集めたら、気球代わりになりませんかね」

「それで、犯人は空に浮かんだと言うのか。いったい何個の風船があったら、そんなことが可能になるんだ」

「では、森の木の枝と、近くの建物の屋根をロープで結び、コートの途中まで行ったらそれにつかまるのはどうですか。ロープにしがみついた格好で、空中を移動したわけですね」

そう答えたが、ケンは自分でも信じていなかった。まず、大型の気球は入手が難しい。共犯者が気球を操作していないと、コートの真ん中あたりでそれに乗り込むことは無理だ。それに、気球はバーナーを使って空気を暖め、浮上する。その延焼音が意外とうるさい。

ロープの仕掛けの方はもっとまずい。そんな長いロープを、どうやって跡を残さずに取り付け、取り外すのか——。

すると、ウエスト警部が、東側にある古い建物を指さした。

「実はですね、あそこの宿舎の二階から、妙な人影を見たという生徒がいるんですよ」

「ほう。どういうことだ?」

H・Mが、強い興味を示した。

「夕方、皆が食堂に集まった時に、一年生のアンディ・マーティンが、何か用事があって自分の部屋に戻ったんです。そして、ふと窓から外を見ると、コートの真ん中あたりに誰かいたらしいのです。その時は濃い霧が出てきており、コートの側にある街灯の明かりで、ぼんやりとその人影が見えました」

「どんな人影だ？」

「杖のようなもので前方を探りながら、腰を軽く曲げた大人が、ゆっくり歩いていたそうです。そして、その背中に、子供が背負われていたと言うんです」

ケンはギクリとした。

「小鬼とか、ゴブリンとかですか」

ウエスト警部は首を振った。

「はっきりとは解りません。とにかく、その姿はすぐに霧の中に消えてしまったというのです」

「変な話じゃな」と、H・Mは不快感をあらわに言い、また額のたんこぶに触った。「その生徒も、何か悪い薬を飲んで、幻覚を見ておったのか」

「いいえ、品行方正な生徒です。ですから、犯人を目撃した可能性も高いとは思うのですが……」

と、中年の刑事は口ごもった。

Ｈ・Ｍはもう一度、テニスコートや周囲の様子を見回すと、ウエスト警部に言った。

「まあ、いい。この足跡の問題は保留としておこう。犯行現場の地下室と、被害者の死体を見せてもらおうか」

4

旧校舎は古びた建物で、かすかに黴びたような匂いと、寒々しい空気が廊下に満ちていた。入口の石段で軽く躓いたあと、Ｈ・Ｍは咳払いをして、ばつの悪いのを隠した。それから、ウエスト警部に質問した。

「死体発見から、警察が呼ばれるまでの経緯を教えてくれ」

「エドワードと下級生のハリーが、新校舎にいたラッセル先生を見つけ、事件が起きたことを告げました。先生は彼らに案内させて、旧校舎の裏手へ回り、生徒たちがしたのと同じく、煙突の隙間から中を覗きました。そして、上級生三人が倒れているのを見て驚き、落ちていた棒きれで、窓ガラスを割ったのです。

先生によると、最初は、酸欠で生徒たちが倒れたのだと思ったそうです。ストーブが不完全燃焼して、一酸化炭素中毒を起こしたのだろうと。窓ガラスを割ったのは、新鮮な空気を室内に入れる目的もありました。

それから、先生は急いで地下室へ行き――エドワードらを廊下に残して――ドアを何とか蹴破ったわけです。

「それで？」

しかし、上級生たちの首筋から血が流れていたため、事件が起きたのだと察しました。それで、念のために息を止めて室内に入り、上級生三人の手首に触って脈をみました」

「ラッセル先生はあわてて上に戻り、新校舎で副学長のキャピオン氏を見つけました。そして、彼に事情を話して、地元の警察へ通報してもらったわけです」

「そうか。さぞかし、教師二人は驚愕しただろうな」

と、H・Mは同情するように言った。

「――ヘンリー卿。地下室へはここから入ります」

廊下の突き当たりで、右手のドアをあけながら、中年刑事が言った。

地下室に下りる階段は急だったが、それなりに幅があった。それで、H・Mもたいして苦労しなかった。

木製のドアは、蹴破ったために板が割れている所があった。錠前のデッドボルトも折れ曲がっているし、壁側の受け金《ストライク》も変形していた。棒鍵は内側から鍵穴に刺さっている。閂はくの字に曲がり、取れて床に落ちていた。

雑然とした室内は、エドワードが語ったとおりの有様だった。ストーブは火が消えていて、天井間際にある小窓のガラスが割られているため、外からの冷気が入り込んできて、かなり寒々しい。

学生たちの死体は、ストーブ近くの、ドア側にあった。椅子も二つ、横に倒れていた。全員が苦悶の表情を浮かべていて、首筋を見ると深い傷があり、ドス黒い血が溢れ出てすでに固まっていた。

その内の一人を、中年で小太りの、フレッド・ゲイル医師が調べていた。彼は町医者だそうだった。

挨拶を交わした後、立ち上がったゲイル医師に、H・Mが質問した。

「彼らの死因は？　首の傷や出血多量が原因かね」

「断定はできかねます。詳細は解剖してみないと。ただ、それほど多く血は出ていません。この傷は、死後のもののように見えますね」

「目に点状出血があるな。となると、窒息だろうか」

内科医の資格を持っているH・Mは、死体に近寄って観察しながら、そう確認した。

「医学にお詳しいのですね。状況を聞くと、ここは閉じられた状態でストーブを焚いていたわけですから、一酸化炭素中毒の可能性もありますね。ストーブ近くに倒れていたのも、それを裏づけます。気づいた時には遅いですからね」

「すると犯人は念を入れ、息の根を止めたわけか。中毒で倒れた被害者を、ナイフで傷つけることで」

「断言はできません」

と、ゲイル医師は慎重に言った。

H・Mは腰に手を当て、死体のまわりをゆっくりと歩き、地下室全体を熱心に観察した。ストーブに手を当ててから、胴体の横にある石炭投入口をあけて中を見た。石炭は多めに入っていて、燃えきっていなかった。

ケンはもう一度、窓を見上げた。二つある窓は横長で、高さは拳二つを重ねたほどしかない。上部が手前に開く内倒し窓で、枠の上部に鉄製の留め金がある。埃の具合からしても、長い間、閉め切り状態だったのは明らかだ。

「たとえ留め金がはずれていたとしても、普通の人間が、この小窓から出入りするのは無理です。よって、犯人はドアから出入りしたとは思うのですが――」

と、首を傾げながら、ウエスト警部はドアの前に移動した。そして、内側に刺さっている棒鍵を半分ほど回転させた。ドアの横から飛び出ているデッドボルトが変形しているので、完全には回らなかったが。

「――エドワード、ハリー、ラッセル先生の証言と、この状況を照らし合わさすと、犯行時、ここは厳重な密室状態にあったと認めるしかありません。内側から錠前と閂、外からは鎖と南京錠がかかっていましたからね。誰であれ、生身の人間なら、出入りなどできませんよ」

H・Mは後ろから尋ねた。

「指紋採取はしたのかね？」

「まだドアあたりだけですが、しました。新しいものでは、内側の錠前や棒鍵のつまみなどにコリンの指紋が付いていました。外側のドアノブには、エドワードとラッセル先生の指紋が付いていました。南京錠の指紋はエドワードだけです」

「つまり、エドワード、ハリー、ラッセル先生の話が裏づけられただけか」

「はい」

H・Mはまたたんこぶを触り、眉間にしわを寄せた。

「気に入らん。本来なら、不可能犯罪を目の当たりにして、わしは『好きなものはこたえられん！』と叫ぶところだ。しかし、この状況には、『何かが間違っている』というような歪《いびつ》な印象しかない。

扉が内外の錠前で閉じられた密室殺人事件には、前にも遭遇したことがある。黒死荘での血腥《ちなまぐさ》い殺人がそれだ〔注『黒死荘の殺人』〕。あれは、非常に神秘的な殺人現場だったが、今回の事件もそれに匹敵するほど悪魔的だ。あっちは石室内が現場だったが、刺殺模様だとか、窓に格子がはまっているところも同じだよ――」

5

廊下に上がったH・Mは、葉巻を口に咥え、火を点けず、そのまま何か考えこんだ。

「次はどうしましょう」と、ウエスト警部は尋ねた。「容疑者や関係者に会いますか」

「そうだな。ハリー・ファーガスという下級生も、エドワードと一緒に劇の練習をしていたのだったな。わしは、彼に尋ねたいことがある。講堂へ呼んでくれないか」

と、H・Mは意外なことを言った。

そこで、一同は旧校舎の二階へ上がった。ウエスト警部は部下に、ハリーを連れてくるよう命じた。

講堂はまあまあの広さで、舞台上にはビロードの幕が下りていた。横手にある小階段から舞台に上がり、H・Mは四十席ほどある客席部分を見回した。

「わしが昔、名優ヘンリー・アーヴィングと共に『ヴェニスの商人』を演じた時の話はしたかな。あれは――」

と、語りだしたのを、ケンは焦って、

「ヘンリー卿。こっちが待機場です！」

と遮《さえぎ》り、幕を横に寄せて御大の巨体を押しやった。この話は前に何度も聞いていたし、かなり長いものだったからだ。

衝立の後ろの待機場に入ろうとして、H・Mは、脇に置かれたボンベから伸びる金属ホースに躓《けつまず》いてしまった。

「うほっ！」

と、ゴリラが呻くような声を上げて、H・Mは衝立の端にぶつかり、体を一回転させ、前のめりに待機場に飛び込んだ形で、中にあったダルマストーブに抱きついた。

「ヘンリー卿！」

びっくりしたケンとウエスト警部が、あわてて御大の巨体を抱き止めるか、衣服をつかんだ。だが、ストーブはかなり傾き、垂直に立ち上がる煙突が、壁から水平に伸びてきた煙突との接合部からはずれてしまった。そのため、黒い粉塵が噴き出して、H・Mの顔を黒く汚してしまったのだった。

　というわけで、ハリーという青年が来るまで、Ｈ・Ｍの機嫌はひどく悪かった。

「こうやって、みんながわしを病院送りにし、引退させようとしている。世界中に陰謀が張り巡らされているのだ！」

　と、ケンが渡したハンカチで顔を拭きながら、御大は何度もぼやいた。

「煙突は、私の方であとで直しておきます」

　と、ウエスト警部が同情するように言い、煙突の端を塞ぐ蓋と軍手を拾って、ストーブの上に置いた。

　三人が客席の方へ移動すると、ハリー・ファーガスを若い警官が連れてきた。青年はおどおどしながら、Ｈ・Ｍの前に立たせられた。

　Ｈ・Ｍは黒くなったハンカチをケンに返して、単刀直入に切りだした。

「若者よ。わしの質問に答えてもらいたい。昨日から今日にかけて、何か変わったことはなかったかね。無論、殺人以外のことだが」

「変わったこと、ですか……」

　ハリーは、怯え顔で頷いた。

「何でもいいんだ。夕食の時のことでも、劇の練習中のことでも」

「そうですね。特には……」と、ハリーは首を傾げてから、「……ただ、亡霊が出る所で白霧を舞台の両側から流すはずが、通し稽古の時にはうまくいきませんでした。何故か、舞台の片側からしか出なかったんです」

「ほう。どっちが出なかった？」

「舞台に向かって右側――上手――ですね」

H・Mはそれを聞いて、待機場の方をチラリと見た。

「霧が出なかった理由は？」

「たぶん、ボンベの不調か冷却剤の不足だと思いますが、はっきりとは解りません」

「冷却剤とは、二酸化炭素を凍らせたドライアイスかね？」

H・Mの問いに、青年は首を振った。

「いいえ、液体窒素です。標本作製用に、出入り業者から購入しているもので、ラッセル先生が、昨夜の練習のために、三本、ボンベを持ってこさせました。液体窒素は、ボンベ内でも気化して少しずつ抜けていくので、長くは保管できないんです。記念祭の時にも、新たに購入することになっています」

「通し稽古の時、お主も待機場に入ったかね？」

「一、二度、入りました」

「予備のボンベに触れたかな？」

「いいえ」

「待機場のストーブは、ずっと燃えていたか」

「日中は火が点いていましたが、夜は消えていました。たぶん、液体窒素のボンベを温めないためだと思います」

うむと頷き、H・Mは質問を続けた。

「通し稽古の時、講堂を出て行った者はおるかね？」

「いいえ、いません」

ハリーは当惑顔で否定した。

「エドワードは、どこにいた？」

「舞台に上がっていない時は、前から二列目の座席に座り、劇を見ていました。終わりの方では居眠りしていましたけど……」

「ラッセル先生は？」

「舞台の上手の、カーテンの側に座り、みんなの演技指導をしていました」

「待機場へ引っ込んでいたことは？」

「照明や音響や幕のスイッチがありますから、時にはそっちに行きます。でも、短時間ですよ」

「たとえば、君や誰かが、カーテンの後ろにいる振りをして、こっそり講堂を出て行くことは可能かな？」

「無理です。出入口は、客席の後ろにあるだけですから」

と、ハリーは振り向くようにして、両開きのドアを指さした。

H・Mは、質問を密室殺人の方へ変えた。

「地下室のことを教えてくれ。窓やドアが内部から施錠されていたのは間違いないんだな？」

「はい、ドアの外にも鎖と南京錠がありました」

「君は煙突と壁の穴に隙間を作って中を覗いたわけだが、その時、熱くなかったかね？」

「熱く？」

「煙突が熱を持っていなかったか、訊いておるのだ」

H・Mは、癇癪《かんしゃく》を我慢するかのような声で尋ねた。

「えっ、ああ――そう言えば、冷たかったですね」

と、ハリーが腑に落ちないような顔で言った。

するとウエスト警部が早口で確認した。

「ヘンリー卿。煙突がどうしたのですか」

「あれはブリキ製だから、死んだ学生たちがダルマストーブで火を焚いていたら、熱を持っていたはずだ。ところが、顔を付けても平気だった。ならば、火を焚かなかったか、早い段階で火が消えていたことになる」

「じゃあ、不完全燃焼で火が消えたと言うのですか。それで一酸化炭素が多めに出て、ガス中毒になったと？」

ケンも、横から口を挟んだ。

「もしかすると、犯人が煙突の中に何かを突っ込んで、空気の流れを阻害したのかもしれませんね」

しかし、H・Mは二人の顔を順繰りに見て、

「いいや、そういうことではないと思う」と、冷静に否定した。「――まあ、煙突の中を確認するのは悪くはないが、特に見つかるものもないだろう。犯人とて、証拠をあからさまに残すほど馬鹿ではないからな」

そして、御大はハリーを見やり、珍しく優しい顔で、

「お主が、いろいろと細かいことを覚えていてくれたお陰で、どうやらわしは事件の謎を解けそうだぞ。ありがとうよ」

と、礼を言ったのだった。

6

ヘンリー・メリヴェール卿はウエスト警部に頼み、エドワードを含み、事件関係者を全員、食堂に集めさせた。それから、講堂と備品倉庫にある、液体窒素のボンベを全部運ばせた。用意ができると、H・Mは、一人離れた所に座り、俯いているエドワードに話しかけた。

「お主は、依然として自分が悪魔を使い、あの三人を殺したと言い張るのか」

彼は顔を上げると、卑屈な笑みを浮かべた。

「ええ、僕の仕業ですよ。そして、僕はそれを後悔していません。いい気味ですよ」

H・Mはふんと鼻を鳴らし、

「馬鹿馬鹿しい」と、吐き捨てた。「悪魔など、この世にいるものか。いるのは、邪悪な気持ちを持った者や、憎悪で目が眩んでしまった悲しい人間だけさ。今からわしは、推理によって、そのことをお主たちに証明してみせよう。それをしっかり聞いて、目を覚ますんだな」

すると、心配顔のキャピオン副学長が尋ねた。

「では、ヘンリー卿。他に犯人がいるというのですか」

「ああ、そうだ。殺人の実行犯はエドワードではない。別の者だよ——どうだ、わしが名前を暴露する前に、自首する者はおらんか」

H・Mは一同を見回したが、誰も答えなかった。御大はそれを予想していたらしく、前の方に座る男性の所へ、ゆっくりと移動した。

「ラッセル先生、生徒三人を殺した犯人はお主だな。わしは何もかも解っている。自ら犯行の次第を語った方が良いと思うのだが、どうだね？」

みんなはえっと息を呑み、物理学の教師の顔を見た。

しかし、ラッセル先生は落ち着いた態度で、細めた目をH・Mに向けた。

「何か勘違いされているようですね、ヘンリー卿。私は、あの三人が殺された時、二階の講堂にいました。一緒に劇の練習をしていた生徒たちが証言してくれるでしょう。要するに、アリバイがあるので、手を下すことなど無理ですよ」

「あくまでも白を切る気かね」

「あなたの誤解です」

と、ラッセル先生は無表情で答えた。

「では、わしは、お主に同情するのはやめよう」

H・Mは蔑みの目で見て、冷たい声で言った。そして、ここに運び込まれた四本のボンベの前に立った。

「——わしはこれまで、数々の不可能犯罪に出会った。そして、そのトリックを解き明かしてきた。そうして知ったことに、多くの場合、計画的な犯行と偶然が交錯した時に、解しがたいような謎や不思議が形成されるのだ。

実は、今回の事件もそうだったと指摘しておこう。つまり、地下室の密室殺人と、テニスコートで途絶えた足跡の謎は、別々の人間が企んだものであったのだ。それが、同じ道具によってほぼ同じくして仕掛けられたために、神秘性が倍増してしまったのだよ。

そして、その道具とは、これらのボンベに入った液体窒素だ。沸点が摂氏マイナス百九十六度の、大変冷たい薬品が入っている。バルブをひねるとそれが外に出て空気をとことん冷却し、霧状の白煙が生じるわけだ。『ハムレット』劇の亡霊出現場面には、絶対に必要な演出だな」

H・Mは、バルブに手をのせ、すべてのボンベを揺らしてみせた。

「一昨日、購入したボンベが四本ある。しかし、しっかり中身が入っているものはない。何故なら、劇の練習で一本が使われ、地下室の三人が殺されるのに二本が使われ、テニスコートの足跡トリックに一本が使われたからだ」

「待ってください。舞台の両側に置いたので、劇で使ったボンベは二本では？」

ウエスト警部が軽く手を上げ、確認した。

「いいや、その内の一本は殺人用に使われたのさ。そのことを説明する前に、足跡トリックを企んだ者の名前を教えよう」

H・Mは、一本のボンベを指さした。それには、革製の古いベルトが二本、取り付けてあった。腕を通せば、リュックサックのように背負えるようになっている。

「これを使って、あの奇妙な足跡を作ったのは、死んだトーマスだ。彼は仲の悪いテニス選手をからかう目的で、足跡のトリックを仕掛けたのさ。

下級生のアンディ・マーティンが、濃霧の中、テニスコートを歩く、奇妙な人間を見ておる。それはまるで、ゴブリンを背負って、槍で地面を探っているかのような格好だったらしい——違うかね？」

御大が尋ねると、「そうです」と、やや小太りの青年が軽く手を上げた。

「だが、それは濃霧のせいで見えた錯覚だ。あの森の伝説を知っていたが故に、お主の脳内で、奇妙な人影とゴブリンのことが結びついてしまったのだな。

本当は、トーマスが重たい液体窒素のボンベを背負っていたから、前屈みになっていた。

そして彼は、金属ホースの先に棒状の噴出口を取り付け、それを進む先に向けて歩いていたのだよ。

つまり彼は、テニスコートの真ん中から西側の小道に至るまで、液体窒素を地面に噴出しながら歩いていたのさ。前日の雨でまだ乾ききっていなかったから、地面を凍らせて慎重に足をのせていった。これが、途中で忽然と足跡が消えていた本当の理由なのだよ」

「ということは、旧校舎の路地でも、液体窒素が使われたんですか」

と、ウエスト警部が確認した。

「うむ。靴には、裏の溝の跡を隠すために皮の布まで巻くという念の入れ方だった。最初の細工は路地で行なわれた。建物の際の地面を凍らせながら、地下室の小窓まで行ったのさ。そして、そこに端を発して、テニスコートの真ん中あたりまでは普通に歩き、わざと足跡を付けた。その先は液体窒素で地面を凍らせ、固まった所を踏んで足跡を残さないようにした。アスファルトの小道に至って、この欺瞞は完成したわけだ。

トーマスは急いで校舎へ戻り、ボンベを備品保管室へ戻した——こうして、あの不思議な足跡が作られたのさ。彼が夕食に遅れてきたのは、この工作のためだった」

一同は納得して頷くか、喉の奥で唸った。

H・Mはやや悔しそうな顔をした。

「実を言えば、警察があの足跡を発見した時、テニスコートへ行ってすぐに足跡のない部分を確認すれば、地面がある程度の幅で凍っていることが解っただろう。しかし、現場保存の原則から、それはできなかった。寒かったとはいえ、あの気温なので、わりと短時間で溶けてしまっただろう。

路地やテニスコートで警察が着目したのは、足跡のない部分ではなく、足跡そのものだった。その部分に欺瞞か細工があるだろうと、誰でも考えることだ。したがって、警察を責めることはできない」

ウエスト警部は、四本のボンベを凝視して尋ねた。

「しかも、これが上級生三人を殺した凶器なのですね。液体窒素が？」

H・Mは、ジロリとラッセル先生を睨んだ。

「そうだ。舞台の上手にあったものと、待機場にあったものが凶器だ。ラッセル先生は、皆の目を盗み、その二本の噴出口に金属ホースを取り付け、先端をダルマストーブの煙突に挿入した。壁から出ていく水平な煙突の端は、蓋状のもので塞がれている。それをはずして、金属ホースを突っ込んだのだろう。だから、手が汚れないように使った軍手が、そこに落ちていたわけさ。

それから、先生は、上級生が地下室に入ったのをエドワードの行動を見て確認した。劇の合間に、待機場に入ってバルブを全開にしたのだよ。使うボンベだが、最初は一本の予定だっただろう。だが、先生は、量が足りないといけないと心配になり、舞台袖のものまで使うことにした。それで、通し稽古の最中に、上手の方の霧が発生しなかったのだ。

さて、二階のストーブの煙突に流し込まれた液体窒素は、通常の空気より重いから、建物の外にある垂直な煙突を通って地下室へ下っていった。そして、そこのダルマストーブに入り、火を消すと、外に溢れ出て、一気に地下室全体に蔓延したのさ。

通し稽古のあと、エドワードとハリーは地下室へ、上級生たちの様子を見に行った。異変に気づいた彼らは建物の外に回り、煙突の通っている穴の石綿を取り除いて隙間を作った。そこに顔を押しつけ、片目で中を覗き見た。普通なら、ストーブが焚かれていたのだから、煙突も暖かいはずだが、ハリーは冷たかったと証言している。それは言うまでもない。液体窒素で冷やされたからだ。

液体窒素は狭い場所で大量に気化させると、酸素欠乏が生じることが知られている。それがあの、小さな地下室で起きたわけだ。だから、上級生三人はほとんど逃げることもできずに、窒息死してしまったのだよ」

「ですが、あの三人は首の後ろをナイフで刺されていましたよ」

と、驚き顔でウエスト警部が言うと、H・Mはふんと鼻を鳴らした。

「物事は順番に説明せねばならん。おとなしく、わしの推理を聞いていてもらおうか」

「はい、すみません」

H・Mは一同の顔を見回した。

「ラッセル先生には、死体を発見したエドワードが、自分を呼びに来るのが解っていた。彼は二人を一階の廊下に残すと、地下室のドアを蹴破った。死体を確認する振りをして、隠し持っていたナイフで首を刺した。とどめを刺すためと、窒息死であることを誤魔化すためだろう」

そういうと、H・Mは物理学の教師に冷ややかな目を向けた。

「彼は死体発見後から今まで、一人になったことはなかったはずだ。ということは、ナイフをどこかに隠す暇もなかったわけで、現在も身に付けている可能性が高い――ウエスト警部。彼の身体検査をしたまえ」

ラッセル先生は反論もしなければ、抗うこともしなかった。ウエスト警部の指示で素直に立ち上がり、彼が自分の衣服を上から順に触っていくのを許した。

ナイフは、上着の内ポケットから出てきた。ボロ布でくるんであった。刃に付いた血で、布は部分的に赤く染まっている。

「どうやら、私が犯人であることは確定的になったようですね」

と、ラッセル先生は自嘲気味に言った。他の者は、その様子を驚きの目で見るしかなかった。

「残りは、お主が話すかね」

H・Mは重く、低い声で確認した。

「いいえ。あなたにお任せしますよ、ヘンリー卿」

と、物理学の教師はやや捨て鉢な言い方をした。

ウエスト警部が尋ねた。

「ヘンリー卿。犯行方法は解りました。ですが、ラッセル先生が生徒三人を殺した動機は何ですか」

「復讐だろう」

「復讐？」

訊き返されて、H・Mは深く頷いた。

「そうだ。復讐だ。エドワードの告白の中で、町にあるパブの女店員が大学生に弄ばれ、堕胎に失敗し、ロンドンで死んでしまったという話があったはずだ。そうだな、キャピオン副学長？」

と、御大は青い顔をしている老人に尋ねた。

「ええ、そうです。そういう話があり、私も事実がどうか調べました」

「その時、女の子の相手として、教師が関係しているとの噂もあったのだろう?」

「そうです。しかし、具体的に誰という話ではありませんでした。それで、私は否定の報告をしたくらいです」

「しかし実際には、ラッセル先生は、その女店員とひそかに付き合っていたのさ。あるいは、互いに好意を持っていたのかもしれない。

ところが、彼女が、学生三人に乱暴され、結果的に死んでしまった。だから、ラッセル先生はずっと、彼らに復讐しようと思っていた。そして、昨日、エドワードと彼らが地下室のことを話しているのを盗み聞きし、彼らの強い確執を利用して、三人の命を奪うことに成功したわけだ」

H・Mがそう指摘すると、ラッセル先生は悲しげな顔で言った。

「そうです。メアリーにひどいことをして、彼女の命を奪ったのは、トーマス、コリン、ジャックの三人でした。彼女は自分が汚れたと思い、それを恥じて、私に黙ってロンドンに行ってしまい、命を落としたのです。

私はずっと、彼らに復讐できる機会を狙っていました。あの密室トリックを考えたのは、主に、私のアリバイを確保するためでした。それに、彼らに対する憎しみが非常に強く、悪魔に殺されたように見える、無様な死に様を演出したくなったのです。

ですが、私は自分の行動を後悔していない。むしろ、今は清々しい気分です。もしも彼らがまだ生きていたら、私はまた同じことをするでしょう」

「確かに、不良だったあの三人は、許されないことをしただろう。だが、さっきも言ったが、わしはお主に同情する気はない。少なくとも、己の犯行に、生徒であるエドワードを巻き込んだのは恥ずべきことだ。お主は教師として失格だし、人間としても失格だな」

H・Mは、冷たい視線と冷たい口調で糾弾した。

ラッセル先生は、初めてうなだれた。

ウエスト警部は静かに犯人に近づき、彼を部下と共に挟んで、食堂から連れ出した。

その後ろ姿を見ながら、H・Mはケンに言った。

「――こういう事件は、謎を解いて犯人を捕まえたといっても、苦々しい気分がするものだな。だが、終わったことは終わったことだ。老いぼれのわしが、今回も、不可能犯罪の謎を解き明かしたことは、まあまあ誇っても良いだろう。

さて、気分を変えるために、わしらの友人の家に戻って、この成果を報告しようか。そうすれば、年寄りの友人は大いに喜んで、とっておきのビールを出してくれるだろう。みんなで乾杯をしようじゃないか！」

亡霊館の殺人

［登場人物］

ヘンリー・メリヴェール卿（H・M）……名探偵
ハンフリー・マスターズ……ロンドン警視庁主任警部
ホレス・ボーディン……H・Mの甥
アリス・ウッド……ホレスの恋人
トーマス・ゲディングズ……魔女発見人
アンソニー・ゲディングズ……退役軍人
マイケル・ライリー……宝石商
ジェイムズ・ゼック……家庭医
フローラ・ゼック……ジェイムズの妻
マルク・ワレム……ベルギー人の降霊術師
ジョゼフ・リーマン……執事
スザンナ・ムーア……女中

1　二本の奇妙な短剣

「ふうむ。すると、お前は、このわしの甥《おい》というわけか。それが本当ならば、わしの妹のレティが生んだ子供に違いない。そういえば、昔、わしに誕生日祝いをくれたレティの息子がいたな。あれはホレスという十四歳の悪戯《いたずら》っ子だった。しかし、お前はどうみても、十四歳には見えんぞ。二十歳以上なのは間違いないいな」

と、ヘンリー《H》・メリヴェール《M》卿は、大きなベッコウ縁のメガネ越しに、目の前にいる若者を睨みつけた。

御大の口は、苦い物でもなめたようにへの字に曲がっている。頭は綺麗に禿げ上がり、メガネは平べったい鼻先にずれ落ちていた。書き物机に両足を投げ出し、椅子の背に巨体を預け、太鼓腹に両手を置いて、偉そうな態度でふんぞり返っていた。

ここは、ホワイトホールにある陸軍省の一室。そこら中が雑然と散らかっていて、絨毯《じゅうたん》には目立つ大きな穴があった。暖炉の上には、ジョゼフ・フーシェの肖像画が恭《うやうや》しく飾ってある。

小さな椅子に腰掛けた若者は、必死に笑いをこらえていた。有名な自分の伯父の顔を見返し、我慢強く訴えた。

「ですから、僕がホレス・ボーディンなんですよ、伯父さん。あれから、もう七年も経ちましたからね。ヘンリ・クレイのあの葉巻を、伯父さんはたいそう気に入ってくださったと、母から聞きましたよ」

「ああ、そうだ。あの葉巻はうまかったぞ。正直に言えば、わしも、身内から誕生日を祝ってもらうのは嫌いじゃない」

「あの葉巻は、僕が小遣いを貯めて買ったんです。けっして、花火なんか仕込んではいませんでした。爆発はしなかったでしょう？」

「そうだな。爆発はせなんだ。念のために内務大臣の奴に吸わせてみたら、普通の葉巻だった。もちろん、残りは取り戻したさ」

それを聞いて、横から、マスターズ警部が口を挟んだ。

「それでは、ヘンリー卿。その葉巻のお礼に、この若者の話をじっくり聞いてやるべきですな。姿も形もない幽霊が出没し、中世の短剣で殺人を犯す話を――」

彼は、実直そうな顔つきをした警察官だった。スコットランドヤードの主任警部で、H・Mとは旧知の仲である。これまでにも、二人で組んで、いくつかの難事件を解決してきた。

今日は別の用事でここに顔を出して、H・Mの甥が訪ねてきたところに居合わせたのである。

H・Mは、横目でジロリと睨んだ。

「こら、マスターズ。余計なことを言うな。何か話があるのなら、この悪戯っ子が、自分でわしに説明すればいいんだ。しかし、長い話になるというのなら、その前に酒が必要だな。そら、みんなで一杯やろう。マスターズ、例のものを出してくれ」

H・Mが命令すると、マスターズは素直に頷き、椅子から立ち上がった。書棚の向かい側にある大型鋼鉄製金庫のドアをあけ、中からウイスキーの壜とソーダ・サイフォン、グラスを三つ取り出した。

「――よし。それでは乾杯しよう。ホンク、ホンク」

H・Mはグラスを高く掲げると、一息にそれを飲み干した。

マスターズとホレスは、形ばかり口をグラスに付けた。

H・Mはおかわりをマスターズに催促し、足を机から下ろした。そして、もう一杯グラスを空けてから、甥の顔を見やった。

「ところで、わが悪戯っ子よ。お前は、数年前に両親に連れられて、フランスへ行っていたはずだな？」

「ええ、そうです。両親はパリで元気に暮らしています。僕は昨年から、向こうの新聞社

〈ル・フィガロ〉で勤め始めました。イギリスへ戻ったのは先週です。会社から、ロンドンの駐在員として、こちらに派遣されましたた。その時、伯父さんにも連絡を入れたんですが、どこかにお出かけとかいうことで――」

「うむ。諜報部の活動でな、一週間ほど、わしはギリシャに行っておったのだ。これは、国家的な秘密に属する非常に重要な仕事だぞ。身内といえども、内容を一言も漏らすわけにはいかん」

と、H・Mはふんぞり返り、偉そうに言った。

「はい、よく解ります」

ホレスは真面目な顔で答えた。

「それで、幽霊がいったいどうしたというんだ。厳重な密室状態の寝室にでも侵入して、中で寝ている誰かを刺し殺したとでもいうのか。それとも、祈りの部屋にこもっている僧侶の首を、短剣でかっ切ったという話か――」

「ええ、そういうことも過去にはあったかもしれません。しかし、今問題にしているのは、足跡のことです。ある男が短剣で刺されて死んだのですが、現場には、犯人の足跡がなかったんです。雪が降っていて、足跡を残さずに被害者に近づくことは誰にもできませんでした。そういう状況にもかかわらず、不可解な殺人が起きたんです。僕が知っているのは、十年前のその事件のことです」

「くだらん。どんな事件かと思えば、当たり前の話じゃないか。足跡を残すような幽霊など、わしは聞いたことがないぞ。そんな間抜けな幽霊がいたら、ロンドン塔に閉じ込めて、見せ物にでもするがいい」

「それは名案ですね、伯父さん。犯人が幽霊でなくて、本物の人間だとしても、罪に問うという意味では、見せしめは有効かもしれません。ですが、問題は、凶器に使われた呪いの短剣であって――」

「おい、悪戯っ子よ。お前はこのわしに、その十年前のおかしな事件を解決しろというのか」

と、H・Mはぶっきらぼうな口調で尋ねた。しかし、その声には微妙に熱が入り始めていた。

「ええ、それもありますが、別のことも頼もうと思って来ました」

「何だ？」

「明日、ある所で、降霊会が行なわれる予定になっています。僕の聞き知った話では、そこで人が殺される可能性があるんです。ですから、伯父さんに降霊会に出席してもらえたら、事件を未然に防げるのではないかと考えたわけです」

「なるほどな。どいつもこいつも、このわしを議会から遠ざけようと画策していやがる」

「何ですって？」

「いいや、こっちの話だ。気にするな。さっさと、お前の知っていることを全部教えてくれ。わしは、いつでも忙しい身なんでな」

「はい。では、まずこれを見てください」

と、ホレスは持ってきた布袋の中から、木製の小箱を取り出した。

小箱は螺鈿《らでん》細工の立派なもので、長さは四十センチほど。幅は十センチ。高さが十センチくらいあった。

それを、H・Mの机の上に置き、ホレスは蓋を開いた。中にはベルベットのクッションが敷かれていて、窪《くぼ》みが三つあった。その内の二つに、奇妙な形をした二本の短剣が収まっていた。

どちらも鉄製の短剣で、柄の部分は六角形をしており、細かい彫刻が施されていた。片方の短剣の刃は穿孔《せんこう》用らしく、細長く先細りした円錐形になっていた。もう一つも、基本的にはそれと同じ形だったが、刃の途中にコの字形の奇妙な出っ張りがあった（図参照）。

「ほう」と、最初に声を出したのは、マスターズ警部だった。「一見したところ、〈黒死荘の殺人〉で使われたあの特種な短剣に似ていますな。絞刑吏のルイズ・プレージの短剣ですよ、

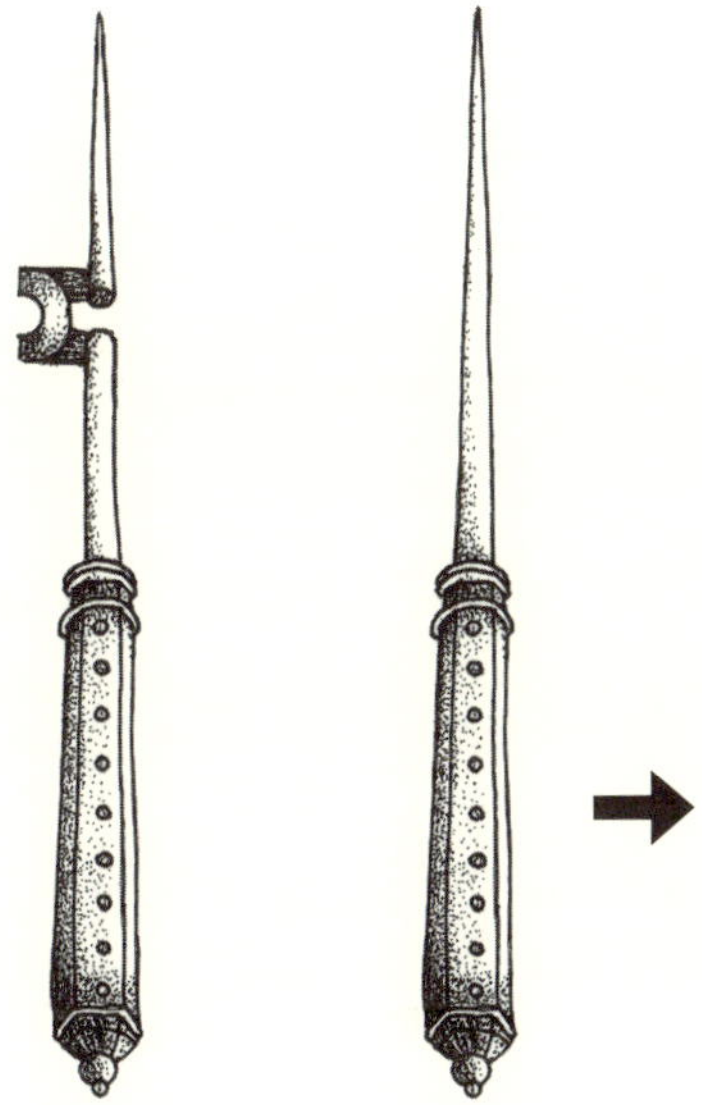

魔女発見人の短剣

覚えていますか、ヘンリー卿」

H・Mは、返事の代わりに喉の奥で唸った。そして、分厚い手を振り、甥に向かって話の先を促した。

ホレスは、二人の顔を見比べながら説明した。

「これらの短剣は、十六世紀後半に作られたそうです。特別な用途に供されたものなのですが、何に使われたのか、伯父さんなら御存じでしょう？」

H・Mはグラスを下に置き、当然という顔で頷いた。

「ああ、解るとも。これは、キリスト教会の手下だった魔女発見人どもが使った短剣さ。この手の短剣はな、人間の中から魔女を捜すと称して、狂信的な宗教家たちが、針刺し行為《ブリッキング》に用いたのだ。

中世では、迷信深い人間が多くてな、魔女は痛みを感じないものと信じられておった。だから、魔女の嫌疑をかけた者の体に――イボやアザ、シミのある箇所に――宗教家はわざわざ、針や錐《きり》、短剣を刺して試したのさ。そして、痛みの兆候を見せない者がいると魔女と断定し、捕まえて、火炙《ひあぶ》りの刑に処したわけだ」

マスターズ警部は興味深そうに、二本の短剣を見比べた。

「でも、どうして、これらの短剣は形が違っているんです？」

Ｈ・Ｍは、ギロリと目をむいた。

「もちろん、用途が違うのだ」

そう言って、Ｈ・Ｍは、まっすぐな刃をした方の短剣を手に取った。そして、刃の先を手のひらに当てると、自分の手を貫くように、柄の部分にググッと力を入れた。

「あっ！」

と、驚いたマスターズ警部が身を乗り出すと、

「はははは。大丈夫さ、マスターズ。見たとおりだ。こいつはな、刃の部分が柄の中に引っ込むようにできておるんだよ。映画や奇術で使用される、トリック・ナイフの先祖のようなものなのだ」

と、Ｈ・Ｍは笑いながら言った。

「悪ふざけはやめてください、メリヴェール卿。お怪我をするかと思いましたよ」

と、マスターズ警部は座り直し、相手を咎めた。

「これは、インチキな短剣だよ。狂信的な魔女発見人どもは、これを使って、嫌疑をかけた人間を刺す真似をした。当然のことながら、これでは痛くも痒くもない。血も出ない。しかし、魔女発見人どもは、何の徴候もないことを理由に、その人間を妖術使いだとか魔女だとか決めつけ、厳しく糾弾《きゅうだん》したのだ」

「つまり、本物の魔女を発見できないので、普通の人間を、魔女に仕立て上げたということですな」

「そうだ。嫌疑を捏造《ねつぞう》し、汚名を着せたのだ。あの当時、それほど魔女狩りが熱狂的に行なわれていたんだ。悪しき時代の証拠だな」

と、H・Mは腕組みし、侮蔑的な顔で言った。

「では、もう一つの、形が変な短剣は？」

と、マスターズは、小箱の中を指さした。

「そっちは、魔女発見人の誠実さを実証しようとして、後から考案されたものだ。刃の途中が横に出っ張っているから、細工がしてあっても、刃が柄の中に引っ込むわけがない。したがって、これで刺せば、偽りなしに魔女を発見できると主張していたわけさ。こうした物があること自体、デタラメが横行していたことを証明している」

「馬鹿馬鹿しい」

「いいや、中世ヨーロッパの人間たちは大まじめだった。真剣にこんな物を作ったのだ」

と、重々しくH・Mが言うと、ホレスは箱の中へ視線を向け、何もないクッションの窪みを指さした。

「ここのもう一つの窪みには、本物の短剣が収まっていたそうです。本物ですから、その鋭い刃は、簡単に人を殺害することができます。その短剣は呪いの短剣と呼ばれていて、何者かが、十年前の殺人事件で凶器として使っています。そして、その時に、何故か行方不明になってしまいました」

「行方不明？」

「皆が被害者に気を取られている最中に、短剣は置いてあった場所から消え失せていました。普通に考えたら、誰かが隠したのですが、関係者は、幽霊が持ち去ったと噂しています」

「ふうむ」

「伯父さん。僕は、その呪われた短剣が、また使われるのではないかと心配しています。犯人が幽霊であれ、生身の人間であれ、誰かの胸に、その短剣を突き刺そうと目論《もくろ》んでいるのは間違いありません。邪悪な感情や憎悪に満ちた波動が、大きく膨れあがっています。僕は勘がいいんです。それをはっきり感じ取っているんです」

ホレスが怯えたように言うと、マスターズ警部は眉間にしわを寄せ、低い声で尋ねた。

「ボーディン君。十年前に殺人を犯した幽霊だか犯人だかが、ふたたび、誰かを殺そうとしているというのですか」

「ええ」

「どうして、あなたはそう考えるのですか。勘だけですか」

「いいえ、他に、ちゃんとした理由もあります。ですが、それを説明する前に、呪いの短剣にまつわる無気味な伝説についてお話ししておいた方がいいでしょう。何故、その短剣が呪われているのかも含めて、状況や環境や人物関係を知っておいてもらいたいのです」

「さあ、どうぞ」

「十六世紀のロンドンのことです。短剣の最初の持ち主は、魔女発見人で、トーマス・ゲディングズという男でした。この男は、三本の短剣を刀鍛冶に作らせ、それらを使い分けて、恣意《しい》的に魔女狩りを行ないました。そして、何人もの無実の人間を火炙りにしたのです。たとえば、ワイロを寄越さない者とか、自分になびかない女性とか、気にくわない人間などをです。

ところが、ある時、彼が自宅の館で、この短剣を胸に刺して死んでいるのが発見されました。その部屋には、窓にもドアにも鍵がしっかりかかっていました。つまり、密室で、誰も出入りできる状態ではなかったのです。

彼を雇っていた教会は、ゲディングズは自殺したのだと公表しました。が、彼の友人や知人たちはそれを信じませんでした。ゲディングズには自殺する理由がなく、また、熱心なカトリックでしたから、自殺などするわけがなかったのです。

しばらくして、奇妙で、無気味な噂が立ちました。本物の魔女が、あの短剣に魔法をかけたのだというものです。魔法を使って、短剣を自在に操り、ゲディングズの命を奪ったというわけです。

それ以来、ゲディングズが姿の見えない亡霊となって、あちこちさまよい歩くようになりました。呪いの短剣を握って、他の魔女発見人たちを襲い、殺し始めたのです。そうさせたのは、魔女です。魔法の力で、亡霊となった彼を操っていたのです。

そういうわけで、その短剣には、たくさんの人間の真っ赤な血が染み込んでいます。いつしか、呪いの短剣と呼ばれるようになり、亡霊となったゲディングズ同様、人々から恐れられてきたのです――」

2　十年前の不可解な殺人

ホレスが低い声で話し終えると、室内の静けさが倍増し、空気の温度が二度も三度も下がった感じだった。窓の外から、大通りを走る車の騒音が、小さく断続的に聞こえてきた。

「――それで、ボーディン君。これらの短剣の、今現在の持ち主は誰ですか」

居住まいを正したマスターズ警部が、事務的な口調で尋ねた。

「トーマス・ゲディングズの子孫に代々伝わってきたものです。今は、フローラ・ゼック夫人の所有物となっています。十年前には、彼女の祖父、アンソニー・ゲディングズが持ち主でしたが、孫娘が医者のジェイムズ・ゼックと結婚した時に、家産のほとんどを譲りました。住まいは十六世紀に造られた古い館で、ロンドン郊外にあるウインザー城の近くに建っています。今でもトーマス・ゲディングズの亡霊が出るという噂があり、そのせいで、近隣の者から、〈亡霊館〉とか〈幽霊館〉と呼ばれています。十年前の殺人事件もそこで起きたため、ますます気味悪がられました。

降霊会が行なわれるのも、その〈亡霊館〉です。フローラ・ゼック夫人は昔から降霊術が好きで、今でも毎月一回、怪しげな会を自宅で開いているんです。あちこちから降霊術師を招き、家族や友人たちと共に、幽霊を呼び寄せているわけです」

「ふうむ」と、H・Mは、喉の奥で複雑な唸り声を出した。「わしはな、背筋がゾクゾクするような小説を読むのが大好きな男だ。恐ろしい怪談話を聞くのだって嫌いじゃない。だが、得たいのしれない幽霊が人を殺したり、血に飢えた存在が人を襲ったり、満月の夜に毛むくじゃらの怪物が森に出没したというような噂は、そう簡単には信じないことにしている。そういう話のほとんどは、迷信深い愚か者か、極度の恐がりが、その女々しい心で生み出した戯言《ざれごと》にすぎないからだ」

「そうですね。たいていの場合は、僕もそう思います。ですが――」

「まあ、いい。わが悪戯っ子よ。十年前に、その〈亡霊館〉で、どんな事件が起こったのか、詳しく話してくれ」

「はい」と、頷いたホレスは、H・Mとマスターズ警部の顔を見比べながら、「十年前には、フローラはまだ十七歳でした。長いことインドに住んでいたのですが、義理の父親と一緒にイギリスに帰ってきたばかりでした。宣教師だった本当の父親は、彼女が六歳の時に毒蛇にかまれて死んでいます。

しばらくの間、二人は異国の地でかなり苦労したようです。旅行者相手の通訳や、サーカス団の手伝いをしていたこともあります。しかし、母親が三年後に、宝石商のマイケル・ライリーと再婚して、生活は安定しました。二人はずいぶん年が離れていて、母親は二十八歳、ライリーは五十歳でした。

母親が黄熱病で死んだのは、フローラが帰国する一年前です。それで、祖父のアンソニー・ゲディングズ老人が、フローラにイギリスへ戻るよう命じたのです。

実は、娘の最初の結婚は、ゲディングズ老人の意に満たないものでした。そのため、娘は宣教師と駆け落ちをして、勘当になっていたのです。しかし、孤児となった孫娘には、老人も態度を和らげたわけです。

そして、義父のライリーに連れられ、フローラはイギリスの地を初めて踏みました。それ以来、フローラとライリーは、〈亡霊館〉で暮らすようになったのです」

「アンソニー・ゲディングズというのは、確か、退役軍人ではなかったかな」

と、H・Mが苦虫を噛みつぶしたような顔で尋ねた。

「ええ」

「あいつなら知っておる。いろいろと底意地の悪い男だった。性格がひねくれているから、娘に逃げられたのも仕方があるまい」

「かなり偏屈な人物、という評判のようですね」

「まだ生きているのか」

「はい。しかし、一昨年、大病して体が弱り、〈亡霊館〉の一番奥の部屋から出てくることはあまりなくなりました」

答えたホレスは、上着のポケットから、封筒に入れた何枚かの写真を取り出した。

「これが、フローラとアンソニー・ゲディングズ、それから、マイケル・ライリーです」

H・Mは、鼻先にずり落ちたメガネ越しに、受け取った写真を見た。

フローラは、目の大きな、ブロンドの髪をした、素晴らしい美人だった。よく日焼けしているのは、インド育ちだからだろうか。

アンソニー・ゲディングズは、四角四面が洋服を着たような老人だった。やや小柄で、顔には深いしわがたくさんあった。

シルクハットに片眼鏡《モノクル》をかけたマイケル・ライリーは、なかなかハンサムな男だった。大きな鼻と、カイゼル髭が目立っている。何かスポーツでもやっているのか、肩幅も広く、がっしりした体軀だった。

「フローラは、いつ結婚したのだ？」

写真をマスターズ警部に渡しながら、H・Mは尋ねた。

「九年前です。相手はジェイムズ・ゼックという医師で、祖父が選んだ人物です。十年前の事件の前後に婚約して、一年後に二人は結婚しました。彼は家庭医をしており、二人は〈亡霊館〉に住んでいます」

「その医者の写真はあるかね」

「はい。結婚当時の彼ですが」

ホレスは、別の写真をH・Mに差し出した。

フロックコートを着て、シルクハットを被ったゼック医師が写っていた。濃い眉と大きなかぎ鼻が特徴で、三十代なかばの彼は、律儀そうな顔つきをしていた。

その写真もマスターズ警部に回して、H・Mはホレスに確認した。

「わが悪戯っ子よ。さっき、お前は雪がどうのこうのと言っておったな。すると、事件は冬に起きたわけか」

「そうです。クリスマスの一週間前でした。朝方から降り始めた雪のためにあたり一面雪景色になっていました。その雪のせいで、事件は、非常に不可解かつ神秘的なものになってしまったのです」

「被害者は誰だ？」

「殺されたのは、マイケル・ライリーです。その夜は、ゼック医師も〈亡霊館〉に招かれていて、フローラの手料理——インド料理——を、皆で食べることになっていました。ゲディングズ老人は、客間で本を読みながらお茶を飲んでいました。

　事件が起きたのは、午後四時頃です。ライリーは朝から宝石の買い付けに出かけていて、戻ってきたところでした。雪は小降りになっていましたが、何もかもが真っ白になっていました。館の北側で東西に走る街路も、鉄門から館まで続く前庭の小径も、深さ五センチほどの新雪で埋まっていました。

　ライリーは東の方面から街路を歩いてきて、門を通って小径を進み、車寄せまで来ました。玄関まであと少しという所で、彼は前のめりに倒れました。正体は解りませんが、何者かが彼の胸を呪いの短剣で一突きにしたからです。雪の上につっぷした彼は、ほぼ即死の状態でした。

　ライリーが襲われたのとほぼ同じ時に、ジェイムズ・ゼック医師がやってきました。彼は西の方角から歩いてきたのです。

　ゼック医師は、門を入った所で事件を目撃しました。ライリーが倒れるのを、真後ろからちょうど見たわけです。ライリーは胸のあたりを両手で押さえ、膝を突き、崩れ落ちるように雪の上に倒れました。その瞬間を、しっかり目にしたのです。

　後で警察が調べたところ、ライリーが倒れた所までは、街路にも前庭にも、ライリーとゼック医師の足跡しかありませんでした。門から玄関までは二十五メートルほど。ライリーが倒れたのが、玄関から三、四メートルほどの位置です。

　また、ライリーが前庭に入り、館に向かって歩いてくる姿を、二階の窓から、二人の人間が見ています。フローラと、メイドのスザンナです。フローラはメイドに手伝わせて、新しい洋服の着付けをしているところでした。

　ライリーを出迎えるため、スザンナは階段を下りて、玄関へ向かいました。そして、ドアをあけた途端、彼女は、ゼック医師が目撃したのと同じ光景を目撃したのです。

　スザンナは、真正面から、事件の模様を目にしました。ライリーの顔には、驚愕と恐怖の色が浮かび、胸を押さえた両手の間からは、短剣の柄が突き出ていました。そうしたことを、彼女ははっきり見ているのです。

スザンナは悲鳴を上げて、その場に立ちつくしました。すぐに、ゼック医師も走り寄りました。医師は、ライリーを仰向けにしました。短剣が心臓を深々と貫いていました。ライリーは唇を震わせ、体を痙攣《けいれん》させたかと思うと、息をしなくなりました。医師はスザンナに、誰かを呼んでくるよう命じました。

スザンナは恐怖に駆られ、短剣と傷の周囲から溢れ出る真っ赤な血を見て、卒倒する寸前でした。それでも、何とか館内に戻り、執事と、客間にいるゲディングズ老人に助けを求めたのです。

ゼック医師は、執事に手伝わせて、ライリーを居間のソファーへ運びました。短剣を抜いて応急処置を試みましたが、手の施しようがありませんでした。ライリーは蘇生することなく、この世を去ったのです――これが、あの無気味な事件の概要なのです」

H・Mは、グラスの残りを飲み干した。

「なるほど。それで、門から被害者の倒れていた所までは、犯人の足跡がいっさいなかったというのだな」

「そうです。複数の人間が、犯行の瞬間を見ているのにもかかわらず、そこには、犯人の姿も形もありませんでした。足跡も存在しません。つまり、目に見えない、幽霊か亡霊の仕業

――そういう状況にしか思えなかったわけです」

「玄関に庇《ひさし》は？」

「昔の建築様式のままなので、小さな出っ張りしかありません。雪は昼前の風で吹き寄せられ、ドアの前まで積もっていました」

ホレスが青ざめた顔で言うと、マスターズ警部が口を挟んだ。

「ボーディン君。自殺の可能性は？」

「ほとんどありません。ライリーには自殺をする動機がありませんでしたし、玄関前で自殺する人間も想像できません。歩きながら、自分で自分の胸に短剣を刺すとなるとなおさらです。

また、傷の具合も、自殺説を否定しています。彼は右利きですが、犯人は左利きと推定されました。というのも、短剣は心臓に突き刺さっていましたが、体の中心寄りの上方から、下に向かって創傷があったのです。左利きの者が、短剣を逆手に持って振り下ろしたら、そうした刺し傷が残るはずです」

H・Mは、トリック用の短剣を手に取り、

「誰かが、近くの物陰から、短剣を投げつけたということはないのか。玄関脇には木立などがあるだろう。それならば、死体の側に足跡がなかった理由が説明できるぞ」

と、壁に向かってそれを投げる真似をした。

「それはあり得ません。ライリーは玄関の方へ向かってまっすぐ歩いていました。そのことはメイドの証言と一致しますし、彼の足跡も物語っています。

それに、警察は、館の敷地内や外の街路を徹底的に調べたのです。そして、間違いなく、前庭にある足跡は、ライリーとゼック医師のものだけだと確認しました。つまり、門からそこまでは、いっさい乱れたところがなかったのです。館は東西に長い形をしているので、石塀もずいぶん遠くにあります」

「フローラとゼック医師、それから、スザンナが口裏を合わせているということはないのか。本当はゼック医師がライリーを刺し殺し、それを隠すために嘘の証言を警察に対して並べたてたわけだ」

「それもありません。実はもう一人、事件の目撃者がいるのです。その人物は、ゼック医師から五メートルほど遅れて、同じ方向へ街路を歩いていました。彼の話によると、スザンナの悲鳴が聞こえたのは、ゼック医師が門の中へ入った瞬間だったそうです。つまり、ゼック医師やスザンナの証言と一致するわけです」

「その証人も、ライリーの救助を手伝ったのか」

「いいえ。若いメッセンジャーで、他に急用があったので、門から敷地内の様子をチラリと見ただけで立ち去ってしまいました。玄関前には、スザンナとゼック医師、それに、倒れている被害者の姿しかなかったそうです」

「だったら、犯人は玄関内にいたのだろう。短剣を投げた後、ドアをしめて素早く館内に隠れたわけさ。メイドが階段を下りてきたのと、入れ違いにな」

「それも違います。ドアには大きな音を立てる鈴が付いていて、開け閉めするとはっきり解るのです。その音を誰も聞いていません。

それに、ゼック医師も、検死医も、短剣は、誰かの手で直《じか》に刺されたものだと主張しています。というのも、犯人は短剣を刺した後で、もう一度力を入れて深く刺し直し、さらに、これを上下左右にこねているんです。

犯人がそこまでやるのは、よほどライリーを恨んでいたんでしょう。憎悪が感じられるのことで、警察は怨恨による事件と考えたほどです」

「ふむ。幽霊にしては、ずいぶん血腥《ちなまぐさ》いことを好む奴だな」

と、H・Mは皮肉を言った。

マスターズ警部は深刻な顔で、

「しかし、ヘンリー卿。状況がボーディン君の言うとおりだとすると、これは容易ならざる事件ですぞ。摩訶不思議な出来事であり、新雪によって構成された、平面的な密室殺人といえましょう。あるいは、衆人環視の中での、不可能犯罪ということになりますな」

「チッ、チッ、チッ。何を言うか、マスターズ。どんな事件であれ、それが人間の仕業だとすれば、心配することはない。奇異に見える現象の裏には、トリックがあるに決まっている。証拠を集めて、正しい推理を組み立てれば、自然に真相は明らかになるだろう。すぐに、このわしが謎を暴いてやるさ。犯人の仮面を剝ぎ取るのも、難しいことではあるまい」

「ええ、ぜひお願いします」

マスターズ警部は殊勝な顔で頼んだ。

H・Mは新たな葉巻を手に取り、甥の方へ向き直った。

「なあ、悪戯っ子よ。殺されたライリーだが、実際に、誰かに恨まれておったのかね。彼の命を狙うほどの動機を持つ者が、周囲にいた形跡はあるのか」

「ライリーには、たくさんの敵がいたんです。彼を殺したいほど憎んでいる者も、何人かいたようです」

「何故だ？」

H・Mは、葉巻に火を点けながら尋ねた。

ホレスは目をしばたたき、ゆっくりと答えた。

「何人かの相手との間で、トラブルがあったんです。というのも、宝石商というのは、マイケル・ライリーの仮の姿だったからです。

そして、彼の本当の姿は恐喝者でした。社交界や上流階級の醜聞《スキャンダル》を探り当てては、それをネタにして相手を脅かしていたんです。恐喝という手段を使って、それほど価値のない宝飾品を、高価な値段で売りつけていたんですよ」

3　恐喝者の用いる方法

「――なるほどな。そういうことか」

それを聞いて、H・Mは得心がいった顔になった。

「ヘンリー卿。何がですか。そういうこととは？」

と、マスターズ警部は怪訝な顔をした。

「降霊術さ。降霊会だよ。それを、インド滞在中から、マイケル・ライリーは恐喝の場として活用していたのだろう。そのことを知ってか知らずか、フローラは降霊会で、女主人《ホステス》としての役目を務めてきたわけだ」

「どうも、そのようです」と、ホレスは同意した。「僕が探り出したところでは、ライリーの手口はこういうものでした。品性の下劣な私立探偵を雇い、事前に招待客の身辺を洗っておくんです。そして、誰かの弱みを握ると、降霊会の席で、仲間の降霊術師がそれを暗示するような言葉を告げるのです。霊魂や精霊が語った振りをしたり、イカサマの自動筆記で、当事者なら解るような単語を並べたりしてね――それが、強請《ゆすり》になっているわけですね」

「ふむ。よくある手だ」

煙を吐きながら、H・Mが頷いた。

「降霊会が終わると、醜聞が広まることを恐れる被害者に、ライリーはこっそり商談を持ちかけます。たいていの場合、被害者は、ライリーの要求に従わないわけにはいきません。二束三文の値打ちしかない宝石に、その何十倍もの金を支払うはめに陥ります。そうやって、苦しめられた者が多いのです」

「ライリーの死後は、フローラ・ゼックが彼に代わって、恐喝者になったと考えていいだろう。そうじゃないか、マスターズ？」

H・Mの問いに、マスターズ警部は即答した。

「はい。ヘンリー卿のおっしゃるとおりです。彼女に関する悪い噂は、私も耳にしています。この十年間、小さな声で囁かれ続けたものです。

ただ、彼女がライリーと同じく降霊会を脅迫の場として使っているとしても、もっと巧妙に立ち回っているようです。一度として、警察に尻尾をつかませていませんから」

「夫のゼック医師は、そのことを知っているのかな」

「解りません」と、マスターズ警部は肩をすくめた。「ですが、医者の妻という身分は、人を信用させるには充分なものがあります。フローラは、それを最大限に利用しているのでしょう。上流階級にも出入り自由ですから、社交界における様々な情報を聞き知ることができます」

H・Mは小考し、それから、甥に尋ねた。

「ライリー殺しは、どういうふうに決着が付いたんだ？」

「未解決のままです」

「短剣に指紋は？」

「新しいものは、ゼック医師のものだけでした」

「足跡には、不自然な点はまったくないのだな」

「ありません。ライリーもゼック医師も、まっすぐに、等間隔で歩くか走っています」

「容疑者と目された者はいたか」

「警察は、ライリーに脅迫された者を何人か疑いましたが、全員にアリバイがありました。

どちらにしろ、殺害方法が解らないので、警察も対処のしようがなかったんです」

「家族間での確執は？」

「何か解りませんが、数日前から少し揉めていたそうです。特に、ライリーとゲディングズ老人との間では、罵り合いもあったとか。ただし、詳しい内容は解りません」

「誰の証言だ？」

「使用人の一人です」

「で、その十年前の事件と、今日、お前がこの呪いの短剣を持ってわしの前に現われたこと と、どういう関係があるんだ。ゲディングズ家とお前と何の繋がりがある。えっ。正直に言ってみろ」

H・Mが咎《とが》めるように命じると、ホレスは、一瞬、答えるのに躊躇《ちゅうちょ》した。

「実は、僕には恋人がいます。彼女の名は、アリス・ウッド。中堅の出版社に勤める編集長の娘です。彼女は母親とパリへ遊びに来ていて、ある政治家が主宰するパーティーで出会いました。僕らは、すぐに懇意になったんです。とても可愛らしい、気持ちの優しい女性で——」

「おい、甘っちょろいのろけ話はまたにしておけ」と、H・Mはピシャリと言った。「今は、もっと大事なことがあるだろう。つまり、そのアリスという娘っ子が、降霊会の席で、それとなく恐喝されたということなんだな？」

「はい、そうなのです。それは、一ヵ月前の降霊会での出来事でした。アリスはフローラとは以前からの知り合いで、かなり親しい友人といっても良いほどです。それで、うっかり秘密を漏らすようなことを口にしてしまったのです。フローラは、それを聞き逃しませんでした。詳しく調査したに違いありません」

「フローラが雇っている降霊術師の名は？」

「マルク・ワレムと名乗るベルギー人です。髪が長く、小柄で、年齢は二十代後半。女みたいな繊細な顔立ちをした男です。痩せぎすで、ひどく粘着質な話し方をする奴です」

「会ったことがあるのか」

「ええ、一昨日の夜、彼と少し話をしました。取材という口実で、探りを入れてみたんです。のらりくらりとしていて、食えない男でした」

マスターズ警部は頷き、

「降霊術師というのは、皆、そうですよ」

と、賛同した。

H・Mは何か考えながら、質問した。

「ワレムは、霊媒師《れいばいし》を使うのかね」

「いいえ。ワレム自身が霊媒です。トランス状態になって、あの世から戻ってきた霊が自分に憑依《ひょうい》する、という演出を好んでいます」

H・Mは、大きな顔を警察官の方へ向けた。

「お主は、その降霊術師を知っているかね」

マスターズ警部が部長刑事だった頃、ニセ霊媒の摘発で活躍したことがある。それで、今でも、その方面の情報には詳しいのだった。

「直にはありませんが、噂は聞いています。二年ほど前にイギリスに現われて、地方のサロンに出入りしています。単純な奇術トリックを用いて、客たちを驚かしては金を巻き上げているそうです。まあ、小粒の悪党ですな」

H・Mは、ふたたび甥に尋ねた。

「恐喝のネタは何だ？」

ホレスは、言いにくそうに口を開いた。

「以前のことですが、アリスは、妻子のある若い政治家と不倫関係にあったんです。彼女はそのことをひどく後悔していますし、今は、僕だけを愛してくれています。

ただ、そのことが公《おおやけ》になるのは、避けたいと思っているようです。自分よりも、彼に迷惑がかかってはいけないと配慮しているんです。それで、真剣に悩んでいるわけです」

ホレスは、H・Mに、その若い政治家の名前を教えた。新進気鋭の政治家として、将来を嘱望されている男性だった。

「その娘っ子は、どういう方法で、ワレムから脅迫された？」

「プランシェットを使った自動筆記によってです。霊が書き出した単語の中に、〈ウエストミンスター〉と〈ハイウエスト〉と〈写真〉がありました。他の者には解りませんでしたが、アリスにはピンときました。彼女はひどい衝撃を覚えて、真っ青になったそうです。テーブルの上以外は暗かったので、他の人たちには気づかれずにすみましたが」

「古いホテルの名だな。ウエストミンスターにあるハイウエスト・ホテルか」

と、H・Mは葉巻を揉み消しながら断定した。

「そうです。おっしゃるとおりです。アリスと彼は、そこを逢い引きの場に使っていたのです。しかも、二人で記念写真まで撮ってしまったんです」

「性的なものか」

H・Mは苦い顔で言った。

「それもあります」

「ワレムが、どこからか、その写真を手に入れたわけだな。金の要求はあったのか」

「ワレムは、一枚の写真をちらつかせただけです。金銭に関する話は、彼ではなくてフローラからありました。というか、脅迫に驚いたアリスは、フローラにそれとなく相談しました。フローラは、ある程度の金を出せば、ワレムの口を封じることができるだろう、そう請け合ったわけです。

ただ、金額が金額だけに、すぐにはアリスには用意ができません。困った彼女は、僕に正直に打ち明けてくれました。彼女はフローラを疑っていませんが、僕は即座に、フローラとワレムがグルだと見抜きました」

「お前の愛しい娘っ子は、フローラのことを信じきっているわけか」

と、H・Mは難しい顔をして言った。

ホレスも顔を曇らせ、

「そうなのです。今でも親友だと思っています。しかし、僕はあの女を信用していません。フローラは悪党です。あの女が黒幕に違いありません。問題の写真も、彼女が見つけ出してきたものでしょう」

H・Mは考え深げな顔になり、若い青年に指摘した。

「アリスが金を払っても、ことはすむまいな。次には、その政治家の若造が脅されるだけだろう」

「同感です。それで、僕は、フローラと〈亡霊館〉のことを調べてみました。そうしたら、十年前にも、ひどく怪しい事件があったことが解ったんです。幽霊や亡霊の仕業としか思えない、不可解極まる殺人が――」

ホレスは身を震わせ、心配げな表情で言った。

マスターズ警部は、魔女発見人の短剣を収めた小箱を指さし、

「ところで、ボーディン君。どうして、この短剣を君が持っているのですか」

と、尋ねた。

「ワレムは、明日の降霊会で、魔女発見人のトーマス・ゲディングズの霊をあの世から呼び出そうと考えています。これはそのための媒体となります。それで、フローラが、物置にしまってあったのを取り出してきたんです。

僕は、骨董に興味がある振りをして、これを、フローラから借りてきました。知り合いの古美術商に鑑定をしてもらうと言ってです。金に関係がある話なら何でも、彼女はピラニアのように食いついてきます。高く売れるかもと言ったら、大喜びで貸してくれましたよ」

と、ホレスは彼女に対する軽蔑を露わにした。

H・Mは、メガネ越しに甥の顔をしげしげと見つめた。

「それで、わが悪戯っ子よ。お前は何を恐れているんだ?」

「さっきも言いましたが、明日また、〈亡霊館〉で降霊会が開かれます。そこで、何か悪い

ことが起きるような気がするんです。もしも、人の命にかかわるようなことがあれば――そして、それがアリスだったら――」

「ふむふむ。何だか、お前の方がまるで千里眼のようだぞ。それが恋の為《な》せる業《わざ》という奴か」

「否定はしません。とにかく、その降霊会に、伯父さんも出席してほしいのです。そして、フローラの悪巧みと、ワレムのイカサマを暴いてくれませんか」

「時間は？」

「降霊会は午後三時から始まります。僕は二時に訪問する予定です」

ホレスが答えると、H・Mはすまなそうな表情になった。

「悪いが、明日は重要な約束があるんだ。ディオゲネス・クラブで、ある人物と会って、微妙な相談をせねばならない。国家的な問題を解決するのに役立つ会合でな。夜にならないと、わしの手は空かないのだ」

「それでもけっこうです、伯父さん。夕食は午後八時からですから、その頃に来てください。降霊会で何が起きるのか、僕がよく見ておきますから」

「解った。それなら、何とか顔を出せるだろう。わしはジェイムズ一世時代の詩人騎士の化身だからな。困っている淑女がいたら、助けないではおられんのだ」

Ｈ・Ｍが自慢げに答えると、マスターズ警部は二人の顔を見て、

「それでは、私は当時の警察の記録を調べ、事件を再調査してみます。事件関係者全員の身元も洗ってみましょう。できれば、メリヴェール卿と一緒に〈亡霊館〉へ顔を出しますよ、ボーディン君」

と、約束した。

「はい。どうかお願いします」

と、ホレスは真剣な顔で頼んだ。

それから、彼は、二本の短剣を丁寧に螺鈿細工の箱の中に戻した。

4　〈亡霊館〉を覆う霧

翌日の午後二時。

ホレス・ボーディンは、ウインザー城近くにある〈亡霊館〉をタクシーで訪れた。門の前で車を降りた時、ロンドン特有の濃い霧があたりを覆っていて、一メートル先も見えないような有様だった。

濃密な霧のせいで、昼間とは思えない暗さだった。錆びた鉄門の間を通り、前庭に入ったホレスの体を、じっとりとした霧の粒子が包み込んだ。分厚い空気の毛布を羽織ったような感じで、その重圧感がまた、彼に嫌な予感をいだかせる原因となった。

——アリスは、大丈夫だろうか。

彼の恋人は、昼前から、この〈亡霊館〉に来ているはずだった。本当は一緒に訪問するはずだったのだが、急に気が変わったらしい。『先に行く』とのメモを自宅に残して、勝手に出かけてしまったのだ。

そういう衝動的なところが、アリスの性分にはあった。溌剌《はつらつ》さと裏腹である。もちろん、それも彼女の魅力であり、ホレスが愛している部分ではあったが……。

小径には、ひび割れた石が敷き詰めてあった。霧が周囲の物音を吸収し、小さくかたい足音だけが、彼の耳に響いた。前庭には、灌木《かんぼく》が適度に植えられていたが、それらも今は見えなかった。

……十年前、マイケル・ライリーもこの小径を歩いていたのだ。そして、姿なき犯人の手で、胸に短剣を刺されたのだ。あの呪われた短剣を……違うのは、あの日は雪が降っていて、地面を真っ白い雪が覆っていたことだ……。

物思いに耽《ふけ》りながら歩いていると、玄関のドアがうっすらと見えてきた。館の暗灰色の外壁は濃霧の色に溶け込んでいて、茶色い、分厚い木製のドアだけが浮き上がっていた。ホレスは、ライオン顔の古いノッカーを叩いた。真鍮《しんちゅう》の鈍い音が響く。出てきたのは中年のメイドで、馬面のスザンナ・ムーアだった。陰気な性格で、いつも言葉少なげな女である。

スザンナは彼を、ホールの左手にある客間へ案内した。館の中は三年前に全面的に改装してあり、外から見た印象とはずいぶん違って、明るい雰囲気で統一されていた。

「スザンナ。アリスさんに、僕が来たと伝えてくれ。フローラさんはどこだね」

「たぶん、アリス様と御一緒に、お二階にいらっしゃると思います。奥様の新しいお洋服を見ていらっしゃるんです。邪魔をするなと命じられていますので、しばらくお待ちくださいませ」

「他のお客様は？」

「まだでございます。たいてい皆様は、お約束の時間より遅れていらっしゃいますので――」

返事を聞いて、ホレスは懐中時計を取り出し、針の位置を確認した。午後二時五分。降霊会は三時から始まる予定である。まだ一時間近くあった。

「先に、お茶をお持ちいたします――」

メイドは、ホレスのコートと帽子を預かって退室した。

ホレスは肘掛け椅子に座り、タバコを取り出しながら窓の方へ目をやった。背の高い両開きの窓で、落ち着いた黒い桟《さん》が均等にこれを分割している。ミルク色の霧のせいで、外の様子はまるで見えなかった。

少しして、スザンナが飲み物を運んできた。

ホレスがタバコを吸い、紅茶を飲んでいると、重たい足跡が廊下の方から聞こえた。開いたドアから顔を見せたのは、フローラの夫、医師のジェイムズ・ゼックだった。

ゼック医師は、H・Mに見せた写真よりもだいぶ老けていた。かぎ鼻や口の脇のしわがきつくなり、眉や髪にも白いものが多く交じっていた。

「メイドに、君がここにいると聞いてね、ボーディン君」

と、ゼック医師は静かな声で言った。どこか気遣わしげで、心ここにあらずといった感じだった。

ホレスは立ち上がって、彼に尋ねた。

「どうかしたのですか、ゼックさん？」

「うん。ああ、ちょっと困ったことがあってね。悪いが、君も来てくれないかね」

「何かあったんですか」

ホレスはゼック医師の後に従い、廊下へ出ながら尋ねた。

「マルク・ワレムのことは知っているね。彼から少し前に降霊会の準備の手伝いを頼まれていたので、舞踏室へ行ってみたんだよ。ところが、呼びかけても返事がないんだ。二つあるドアには、どちらも中から鍵がかかっていてあかないのだ。だから、彼が室内にいるのは間違いないのだが……どうも、様子が変なんだよ……」

舞踏室は、この館の東の端に位置する大きな部屋だった。広さは、テニスコートを一回り小さくしたほどあった。フローラのもう一つの趣味が社交ダンスで、降霊会もそこで行なわれるのが常だった。

「フローラさんは？」

「妻にはまだ言っていない。二階で、アリスさんに、新しく買った服や宝石を見せているに違いない。スザンナから、君が来ていると聞いたので、我々だけで先に調べた方が良いかと思ったんだ……」

〈亡霊館〉の廊下は無駄に曲がっていて、舞踏室へ至るには、何度か角を曲がる必要があった。食堂や客間から離れると、やたらに静まり返っている。部屋割りは細々としているくせに、全体的には無駄に広いのも、この館が古いものである証拠だった。

舞踏室に近づくにつれ、重い空気の中に、奇妙な匂いが感じられた。ホレスは、降霊術師が使う香料入り蝋燭《ろうそく》の匂いだと思った。

「――ほら、見てくれたまえ、ボーディン君。中から、鍵がかかっているだろう？」

と、ゼック医師は、ドアのノブをガチャガチャと回しながら言った。がっしりした樫材のドアは両開き形式だったが、真ん中の合わせ目がピッタリと閉じていて、ピクリとも動かないのである。

そのドアの横には、鉄鋲《てつびょう》だらけの、大きな木箱が置いてあった。大きく開いた蓋は半円筒形で、中には、折り畳んだ布やラッパなどの楽器、ペンキ缶、刷毛《はけ》など、いろいろな物が入っていた。太い鉄製の取手が、箱の左右に付いている。大昔の海賊が宝物を隠していたような、堅牢《けんろう》な大箱だった。

ゼック医師に代わり、ホレスもドアのノブを握ってみた。確かに錠前が下りている。

舞踏室は東西に長い形で、その両端に近い所にそれぞれ両開きのドアがあった。ゼック医師とホレスは、二つのドアを確かめたが、いずれも厳重な施錠状態にあった。

「本当ですね。鍵がかかっている……」

「ドアの片側の扉は、いつも上下のボルトで固定してあるんだ。施錠すると、ドア全体がびくともしなくなる」

「ということは、ゼックさんが言うとおり、室内に誰かがいるということですよね……」

首をひねったホレスは、屈んで鍵穴を覗いてみた。中から鍵が刺さっており、心棒の先が穴を塞いでいた。扉と扉の合わせ目にも片目を当ててみたが、真っ暗で何も見えなかった。

それは、ドアとかまちの間の隙間も同じことだった。

「何か内側から、扉の合わせ目や周囲の隙間に貼り付けてあるみたいですね。紙とかテープでしょうか」

ホレスは床に腹ばいになり、ドアの下も確認してみた。やはり中は見えない。

ゼック医師が眉間にしわを寄せながら言った。

「そういえば、ワレムが、目張りした部屋で降霊を試すとかいうようなことを言っていたぞ。もしかすると、糊の付いたテープでも、ドアや窓の隙間に貼り付けたのかもしれないな」

「しかし、降霊会が始まる前に、部屋を封印するのは変ですよ。客が、誰も中へ入れませんからね」

そう言うと、ホレスはドアを拳で叩き、大声で降霊術師の名前を呼んでみた。しかし、返事はまったくなかった。嫌な予感が急激に強まった。

「ゼックさん。最後にワレムを見たのは？」

ホレスは医師に尋ねた。

「三十分ほど前に、玄関ホールで会った。私が近くにいる患者の回診から帰ってきたら、『後で、部屋の準備に手を貸してほしい』と言うのだよ。それで、私は着替えをしてから、ここへ来てみたんだ。そうしたら、こういう状況だったんだ」

「ワレムは、館内の、別の所にいるのでは？」

「メイドに訊いてみたが、姿を見ないと言っていた。それに、この施錠は？」

「そうでしたね。中から鍵がかかっているんでしたね……」

と、ホレスは首をひねった。

ゼック医師は、横にある宝箱を指さすと、

「これには、ワレムが降霊術に使う小道具が入っている。ホレス君。これに乗って、ドアの上にある採光窓から中を見てくれないか」

と、早口に提案した。

ホレスはゼック医師の目を追って、ドアの上を見上げた。ドアと同じ横幅で、高さ三十センチのガラスがはめ殺しになっている。

「解りました」

と、ホレスは答え、宝箱の蓋をしめると、それを東側のドアの前へずらした。分厚い板と鉄鋲のせいで、思ったより重たい箱だった。

ホレスはその上に飛び乗り、採光窓のガラスに顔をくっつけた。その周囲の木枠には、簡単な蔓草《つるくさ》模様の浮き彫りが施されている。

ガラスはややくすんではいたが、一応の透明度はあったので、中を見ることは容易だった。横長の、その狭いガラス窓から見える範囲は、広い部屋の東側から四分の三程度までだった。

それでも、ホレスが、室内の惨状を知るには充分であった。一気に、その凄惨な光景が両目に飛び込んできて、彼の心臓は恐怖のせいで止まりそうになった。少なくとも、全身の血が急激に凍りついた。

「あっ！」

と、彼は自分でも気づかずに叫んでいた。

部屋の中央に、猫足の古い木製丸テーブルがあった。その上に、古色蒼然とした蝋燭立てと、アラビアンナイトにでも出てきそうな異国のランプがあった。蝋燭立てにある太い蝋燭には火が灯されており、赤い穂先から白くて細い煙が立ち昇っていた。あたりに漂う、奇妙な匂いの元はそれに違いなかった。

丸テーブルの周囲には、木製の椅子が六脚、等間隔で置いてあった。その内の西側のものに、一人の男が腰掛けていた。というより、かろうじて体を背凭れに預け、首を右に傾けた格好でずり落ちそうになっているというのが正しい表現だった。両手も、ダラリと両脇に垂らしていた。

それは、降霊術師のマルク・ワレムだった。

驚愕に目を見開き、口が半開きになっている。そこから、舌が覗き、血の入り交じったよだれが顎にかけて垂れていた。

ワレムの体は、その不自由で奇妙な姿勢のまま、微動だにしなかった。それには、無理もない訳があった。

白いシャツを着た彼の胸に、深々と短剣が突き刺さっていたのだ。凝った細工がなされた六角形の柄が、斜め上に突き出ている。一目見て、ホレスには、それがあの呪いの短剣——魔女発見人の短剣——であることが解った。

短剣の刺さった所が、真っ赤な血で濡れていた。その染みは、腹の方まで垂れ広がっていた。未だ、刃の周囲から、ジュクジュクと血が溢れ出ているようだ。短剣を刺したのが何者であれ、犯行はそれほど前ではなかった。

「ボーディン君！　ボーディン君！」

室内の光景に目を奪われていたホレスは、ゼック医師に呼ばれてハッとした。彼が、自分の袖を引っ張っていた。

「何があったんだね⁉　ワレムがどうかしたのか⁉」

ホレスは、真っ青な顔で、見上げているゼック医師を振り返った。震えながら、彼は必死に頷いていた。

「え、ええ。ワレムが死んでいます。短剣が、彼の胸に刺さっています。御存じでしょう。例の、あの、呪いの短剣です……」

「何だって⁉　本当かね⁉」

と、ゼック医師も激しく驚き、強い口調で訊き返した。

「そうです。間違いありません……確かに、彼は死んでいます……」

「自殺なのか⁉」

「……わ、解りません」

「では、他殺の可能性もあるのだな⁉」

「わ、解りません……」

と、ホレスは首を振り続けた。

「他に、誰か、部屋の中にいるかね⁉」

と、ゼック医師は危機感をいだいた顔で尋ねた。

ホレスはもう一度、ドアの上のガラス越しに室内を見やった。

「いいえ、誰もいません。少なくとも、ここから見える範囲には……」

ホレスは、ゼック医師に手伝わせ、宝箱を西側のドアの前に移動した。そして、その上の採光窓からも、室内を覗いてみた。

もとより、東西に広いこの部屋の中には、人が隠れるような場所も物もなかった。あるのは、中央に置かれた木製の丸テーブルと、六脚の椅子だけだった。壁は下半分が紅茶色の鏡板で、上半分が金糸模様の入った白塗りであった。天井は少し高めで、瀟洒《しょうしゃ》なシャンデリアが二つぶら下がっている。

「窓はどうだ、ボーディン君⁉」

「窓……はい……窓はしまっています。カーテンは開いていて、窓の合わせ目にも、ドアと同じく、幅の広い紙製のテープが貼ってあります。たぶん、ホレスが隙間を塞いだのでしょう。二つある窓のどちらも、そうなっています。鍵はそのテープの下なので見えませんが、たぶん、しまっているでしょう！」

と、ホレスは見たままを、興奮した声で伝えた。

向かい側の窓は三つあり、上下に長い形をしていて、上部が半円形になっている。フランス式の窓なので、二枚のガラス扉が中央から分かれ、外側へ押すと左右に開くようになっている。鍵はT字形の小さなつまみで、それを横に倒すと施錠されるのだった。また、窓の間の壁には、ダンスの具合を見るために、背丈以上もある大きな鏡が設置されていた。そこに映っている光景を見れば、採光窓からは死角になっているドア側の壁の方にも、誰もいないことが明確に確認できた。

「す、すると⁉」

と、ゼック医師が驚いて言い、ホレスは負けじと叫んだ。

「ええ！　室内には、ワレムの他には誰もいないんですよ。犯人は壁を擦り抜けるか、魔法でも使って、ここから逃げ出してしまったみたいです！」

5　完全なる密室の魔

「ボ、ボーディン君。もういい。下りてくれ」

と、ゼック医師は慄然《りつぜん》とした面持ちで頼んだ。

「どうしますか」

宝箱から飛び下り、ホレスは大きく胸で息をしながら尋ねた。

「ドアを破ろう――いいや、だめだ。体当たりするにしても、これは頑丈すぎる。外へ出て、窓の方へ回ってみようじゃないか。もしかすると、鍵がかかっていない可能性もある」

「ええ、行きましょう」

二人は廊下を走り、急いで台所の脇にある裏口の方へ向かった。館の南側へ行くには、そこからが近道だったからだ。二人は裏口を飛び出し、外に充満する濃霧を突き破るようにして、館の外壁に沿って庭を進んだ。濡れた芝生が地面を覆っていて、時々滑りそうになった。舞踏室の窓の下へ到達するのに、ホレスはひどく時間がかかった気がした。背の高い両開きの窓が、レンガ積みの外壁の間に三つ並んでいた。窓の一番下の部分が、長身のホレスの頭と同じ高さにあるため、そのままでは中を覗くことができなかった。

ホレスは手を伸ばして窓の下端に触り、枠をつかんで引っ張ったが、扉はまったく動かなかった。中から施錠されているのは間違いない。しかも、扉と扉の隙間には、紙テープが貼り付けてある。念のため、ホレスはもう二つの窓も調べたが、同じ状態だった。

「あきませんね。やはり鍵がかかっています」

「どうするかね？」

「何とか、中を覗いてみましょう」

壁の下部に、基礎石の出っ張りがあった。ホレスはそれにつま先をかけて、飛び上がるようにして、窓枠の下にある張り出し部分に手をかけた。両腕をそこにのせて、何とか体を保持すると、窓の下端に顎が届いた。

ゼック医師が彼の腰を後ろから押さえ、心配そうな声で言った。

「大丈夫かね。中の様子はどうだね」

桟で区切られたガラスも、霧のせいで薄く濡れていた。顔をガラスに密着させ、ホレスは中に目を凝らした。

「――やはり、ワレム以外には誰もいません。ドアには、確かに鍵が刺さっています。それに、ドアの合わせ目と、周囲の隙間を塞ぐために、紙テープが貼ってあります。両方のドアに、同じ細工がしてあります」

「窓は？」

「だめですね。これも施錠されています――」

興奮気味に答えながら、ホレスは背筋に冷たいものが走るのを感じた。

この広い部屋の中には、死者以外には、誰もいないのだ。蠢《うごめ》くものといえば、太い蝋燭の先に灯っている、小さな橙色の炎しかない……。

「――あっ！」

小さく叫んで、ゼック医師が体勢を崩した。そのせいで、ホレスも宙に投げ出される格好になった。地面に二人して倒れ込んだが、芝生のおかげで強い衝撃はなかった。

「す、すまん。ボーディン君。うっかり手を離してしまった」

と、ゼック医師は恐縮顔で言い、ホレスを助け起こした。

「大丈夫です」ホレスは、上着に付いた泥をはたきながら答えた。「それより、ゼックさん。

どうしますか。警察に通報しますか」

「そうしよう」と、ゼック医師は思案顔で答えた。「だが、先に中へ入って、ワレムの具合を確かめた方がいいだろう。もしかすると、まだ生きているかもしれない。そうだとすれば、手当せねばならない」

「そうですね。では、窓を割りましょう」

ホレスは言い、すぐ側の太い木の根本に、長い枯れ枝が落ちているのを見つけた。それを拾って、彼は窓に打ち付けた。ガラスが割れ、大きな音があたりに響いた。

「ボーディン君。悪いが、君が私の体を持ち上げてくれないか。私が中に入って、ワレムの様子を確認しよう。それに、非力な私では、さっきのように、君の体を支えられないし」

「いいですよ、肩車しましょう。ガラスで、怪我をしないよう気をつけてください」

ゼック医師は上着を脱ぎ、それを右手に巻きつけた。今度は、ホレスがゼック医師の体を持ち上げた。彼の股ぐらに頭を突っ込み、ゆっくりと立ち上がる。

ゼック医師はガラスの破片を払い、中に手を差し入れた。ビリビリと紙テープを剝がし、その下になっていた錠前のつまみを回した。そして、窓の扉を引きあけると、両足をばたつかせながら、苦労して中に入り込んだ。

「――ボーディン君。廊下の方へ回ってくれ。私がドアの錠前をあけるから」

向き直ったゼック医師が、手真似をしながら言った。

「はい。お願いします」

答えた瞬間には、もうホレスは走りだしていた。裏口から急いで館内に戻り、舞踏室の前に到達した時、ちょうどゼック医師が、西側のドアに貼られた紙テープを剝がし終えたところだった。彼は鍵を回し、ドアをあけて、ホレスを中に招き入れた。

「ありがとうございます……」

ホレスは、恐る恐るといった体で舞踏室に入った。ひどく寒々しい雰囲気があった。鉄が錆びたような、血腥い匂いが、蝋燭の奇妙な匂いと入り交じっていた。

「ワレムはどうですか」

「だめだ。やはり死んでいたよ。息もしていないし、脈もなかった。短剣は深々と胸に刺さっていて、心臓を一突きしている。ほぼ即死だっただろう」

「争った跡は？」

「見た限りないな。いきなり、犯人に襲われたのだろう」

ホレスは、すり足で死体に近づいた。首が弓なりに反っていて、横に倒れた顔からは、すっかり血の気が失せていた。短刀は柄の付け根まで刺さっていて、その周囲から、ねっとりとした血が流れ出て衣服を汚していた。

「……ゼックさん。これは、例の、呪いの短剣ですよね？」

「ああ、そうだ。本物は、ずいぶん昔に紛失したと、妻から聞いていたが……」

それから、ホレスは目をしばたたき、あらためて室内を見回した。

ここに存在するのは、異様かつ、無気味な光景だった。

短剣の刺さった死体の他には、誰一人としていないのだ。他にあるのは、丸テーブルと六脚の椅子と、テーブルの上の蝋燭とランプだけだ。人が隠れるような場所はないし、身を潜ませることができる家具類もない。ビロードのカーテンも、窓の脇に綺麗に括られている。

いったい、犯人はどこへ消えたのだ？

「……あり得ない……」

薄ら寒いものを感じながら、ホレスはもう一つのドアの所へ行った。施錠されていて、ドアの中央と周囲には、幅五センチ以上の、やや厚手の紙で作ったテープが、しっかりと貼り付けてある。紙テープの長さは六十センチほどで、それを何枚も使ってあるのだ。

それから、彼は窓も調べてみた。

東側と中央の窓は、まだ施錠状態のままだった。ガラス扉とガラス扉の隙間を塞ぐ紙テープが、上から下まで貼ってある。鍵のつまみはその下になっていたが、確認すると、横に倒れていて、きっちりと施錠されていた。

ホレスとゼック医師がガラスを割ったもう一つの窓は、今は大きく外へ開かれている。紙テープは一部が剝がれ、一部は窓枠から垂れ下がっていた。糊はまだ半乾きだった。

「不思議だ……こんなことはあり得ない……完全な密室だ……ドアにも窓も、内側から厳重に鍵がかかり、紙テープによる封印がされていた……その他には、どこにも出入口はない……。

不可能だ……幽霊か、亡霊の仕業でもなければ……ワレムを殺した後に、ここから逃げ出すことができるはずがない……呪い……」

ホレスは蒼白な顔になり、ブツブツと呟いた。

死体の様子を再確認していたゼック医師が、あきらめ顔で振り返り、

「ホレス君。この事態を家族に知らせねばならない。それから、警察に通報しよう」

と、提案した。

「え、ええ」と、我に返ったホレスは、機械的に頷いた。「そうですね。それがいいですね。フローラさんと、アリスは……ひどく、驚くでしょうね……」

「うむ。可哀想に。妻の心臓はそれほど強くないのだ。ワレムが死んだと知ったら、気絶するかもしれない。なるべく女性たちに、心配をかけないように話さねばならないな」

と、ゼック医師は苦しげな顔で言った。

ホレスは沈鬱な顔で、室内をぐるりと見回した。

「警察が来るまで、誰もここへは入れない方がいいですね」

「そうだな。悪いが、君は見張りをしていてくれないか。私が警察へ電話してくるから」

ゼック医師はそう言い、部屋を出て行った。

後に一人残されたホレスは、死体の側にいることに耐えられなかった。逃げるように廊下へ出て、開いたドアの前に陣取った。敷居の所には、ゼック医師がドアから剝ぎ取った紙テープが、千切れて落ちている。

「……信じられない……こんな馬鹿なことが……いったい、誰が、何故、ワレムを殺したんだ……いいや、それよりも、どうやったら、こんなことができるんだ……この密室状況の部屋の中で、いったい何が起きたんだろう……何か、神秘的な力が、あの呪われた短剣に働いたというのだろうか……」

ホレスは譫言《うわごと》のように自問し、額に浮かんだ脂汗を袖で拭った。

6　殺人現場でのH・M

「——それで、ゼック夫人とアリス嬢の具合はどうなんだ、マスターズ？」

と、天井の高いホールに、H・Mの割れんばかりの大声が響き渡った。

時刻は、すでに午後八時を回っていた。霧は午後五時過ぎには晴れたが、その代わり、暗黒といっても良いような、しっとりした暗闇が〈亡霊館〉を覆っていた。

マスターズ警部は目を細め、肩をすくめた。

「命に別状はありません。強力な睡眠薬を盛られただけなので、まだしばらくは目を覚まさないでしょう。二人とも、念のために、一番近い総合病院へ運びました。今も、病室でコンコンと眠っています。甥御さんは、アリス嬢の枕元で看病に付いていますよ」

「彼女らに、誰が睡眠薬を盛ったんだ？」

H・Mの声には怒りがこもっていた。

「解りません。睡眠薬はレモネードのデキャンタの中に混入しており、それを二人はグラスで飲んだんです。レモネードはゼック夫人の特製でして、昨夜から冷蔵庫で冷やしてあったんです。家族や使用人なら、誰でも台所に忍び込むことは可能でした」

「睡眠薬の出所は？」

「ゼック医師の薬品棚から、何者かが持ち出したのです。彼の話だと、一昨日の夕方までは薬瓶があったのに、さっき確認した時にはなくなっていたそうです」

「殺されたマルク・ワレム以外に、今日、この館にいたのは？」

「ゲディングズ老人、ジェイムズ・ゼック医師、フローラ・ゼック夫人、アリス・ウッド嬢、甥御さんのホレス・ボーディン、それから、執事のジョゼフ・リーマン、メイドのスザンナ・ムーアですね」

「メイドは一人しかいないのか」

「他の使用人は、今日は休暇を与えられています。降霊会の日には、いつも、人払いをしていたそうなのです」

「ゼック夫人の指示か」

「はい」

マスターズ警部は頷いた。

「眠らされた二人を発見したのは？」

「スザンナです。念のため甥御さんの到着を知らせに二階にある夫人の部屋へ行ったのですが、ドアをノックしても返事がありません。少し間を空けて、もう一度ノックしたのですが同じでした。それで、スザンナは不審に思い、中へ入ってみたのです。

するとと、アリス嬢は椅子に腰掛けたまま眠っており、ゼック夫人はベッドの脇に倒れていました。スザンナは驚いて二人を揺り動かしましたが、まったく目を覚まさないのです。あわてたスザンナは異変を知らせるために階下へ戻りましたが、ちょうどそこへ、ワレムの死体を発見したゼック医師も、執事を呼びに来たのでした」

　H・Mは腕組みして考え、それから、ゆっくりとした口調で確認した。

「では、こういうことだな、マスターズ。誰かが、ゼック夫人とアリス嬢を睡眠薬入りのレモネードで眠らせ、その合間に、舞踏室で、降霊術師のワレムを殺害した。それも、わざわざ呪われた短剣を用いて刺殺したというわけだ」

「そういうことです。そして、殺害現場は、内部からしっかりと施錠された密室でした。ドアにも窓にも鍵がかかっており、しかも、その隙間を紙テープで塞いであったんです。まさに、空気も漏れ出ないような有様でした。これぞ、究極の不可能犯罪といえましょう」

「ふん。わしは、特に驚かんぞ」

「どうしてですか」

　マスターズ警部は怪訝な顔で、訊き返した。

「わしは、これまでに何回も、お主が『不可能だ！』、『神秘的だ！』と喚き叫ぶような事件を解決してきたんだ。その中には、死んだ人間が密室の中から返事をしていた事件もあるし、現場の周囲に、犯人の足跡が残っていない雪の上の密室もあった。だから、多かれ少なかれ、そのような目張り密室にも遭遇するのではないかと、前から覚悟はしておったのだよ」

「では、今回がそれというわけですな……」

と、陰鬱な調子でマスターズ警部は応じた。

H・Mは、機嫌の悪い顔で、

「それよりも、舞踏室の中は、本当に徹底的に調べたのだろうな。抜け穴や秘密の扉などがあったら、それこそ拍子抜けだぞ。警察の面目が丸つぶれだ」

と、脅かすように言った。

マスターズは大きく顔を左右に振った。

「いいえ、そういった類いのものはいっさいありません。壁にも天井にも床にも、怪しい点や異常な部分は皆無でした。電気の配線やスイッチ類も調べましたが、どれも普通のものでした。自動殺人機械や、自動施錠装置のようなものも存在しません」

「ドアや窓自体はどうだ？」

「変な細工をした形跡はないですね。ドアの錠前はタンブラー錠で、窓はフランス錠が使われています。その本体を含め、鍵棒やつまみも、どこにも傷一つ付いていませんでした」

「棒鍵は、室内側の鍵穴に刺さっていたのか」

「そうです。東側のドアも西側のドアもそうでした。鍵はドアごとに違っていて、いつもは執事が管理していました。それを、今朝、フローラ夫人が借りに来たそうです。ワレムに頼まれたとかで」

「ドアや窓には、紙テープまで貼られていたのだな？」

と、気にくわないという意志を示しながら、Ｈ・Ｍは尋ねた。

「そうなのです」

「きちんと接着されていたのか」

「はい。それも間違いないでしょう。西側のドアは、ボーディン君を招き入れるため、ゼック医師が紙テープを剝ぎ取りました。しかし、糊の跡がくっきりと残っています」

「ドアは、扉と扉の合わせ目や、周囲の隙間を全部塞いであったのだな？」

「そうです」

「窓は、合わせ目だけか」

「そうです。しかし、ああいう具合に紙テープを貼るには、誰かが室内にいなければなりません。ワレムがやったとも考えられますが、そうすると、犯人がどこから出て行ったか、それが問題となります」

Ｈ・Ｍは小考すると、急に拳を振り、

「誰か、嘘つきがおるに違いない！」

と、耳鳴りがするほど大きな声で怒鳴った。

「密室状況は、甥御さん自身が確認されておりまして――」

「密室の話じゃない！」と、Ｈ・Ｍはピシャリと言った。「わしは、事件全体の話をしておるのだ、マスターズ。事件や謎を構成する要素が、まるで整合せんのだよ。なるほど。この不可解な犯行を、亡霊のせいにするのもよかろう。ワレムを殺したのが、魔女発見人の亡霊だとて、わしはいっこうにかまわんし、驚かん。

だがな、そいつが、二人の女性に睡眠薬入りレモネードを飲ませたとなると、わしは気にくわん。いったい、亡霊とやらは何をしたいんだ。真の目的は何なのだ？」

「つまり？」

「つまり、誰かが悪意をもって、我々を欺こうとしているのさ。密室殺人は、その悪意に満ちた犯罪の一部分にすぎない。ワレムを殺した直接的な動機も、その悪意によって封じ込められているか、塗り込められている状況といって良いだろう」

「なるほど……」

「おい、マスターズ。糊はどこにあった？」

と、Ｈ・Ｍが唐突に尋ねた。

「は？」

マスターズ警部はきょとんとなった。

「糊だ。紙テープの裏に塗ってあった糊だ」

「ああ、それならば、糊のたっぷり入ったペンキ缶がありました。廊下に、降霊会用の道具を入れたワレムの宝箱が置いてあって、その中で見つけました。刷毛も一緒です」

「すると、やはり、誰かがトリックを用いて、密室を構成したのだ。ワレムが紙テープを貼ったのなら、ペンキ缶も室内にあったはずだ」

「そうなのですか」

「そうに決まっている。この間抜けめ！」癇癪《かんしゃく》を起こして、H・Mが怒鳴った。「ペンキの缶と刷毛を外に出して、ドアに鍵をかけ、紙テープを貼り、それから、犯人に命を奪ってくださいと奴が頼んだとでもいうのか！」

「とにかく、私には訳が解りません。謎を解くとしたら、ヘンリー卿だけが頼りです」

と、マスターズ警部は下手に出た。

「まあ、良かろう」と、H・Mは静かに言い、「では、さっさとわしに、事件現場を見せてくれ。そこを実地に調べている内に、何か良い考えが浮かんでくるかもしれんからな」

「解りました。それでは、こちらです——」

と、マスターズ警部は先に立って廊下を進み、H・Mを舞踏室へ案内した。

「事件が起きている最中、メイドや執事は、何か異変に気づかなかったのか」

と、H・Mは歩きながら尋ねた。

「ええ。昼食後でしたので、執事室の方に下がり、自分たちも食事をしていました。あそこにいると、玄関のノッカーの音と、各部屋の呼び鈴の音しか聞こえません」

「玄関は遠すぎはしまいか」

「通音管があるんです。それで、ノッカーの音は、台所や執事室に通じるようになっています——さあ、この部屋です」

と、マスターズ警部は、舞踏室の開いたドアを指さした。その前には、若い警察官が直立不動の格好で立っている。H・Mは中に入る前に、その若者に向かってアッカンベーをした。

「ヘンリー卿。やめてください。威厳が損なわれます」

「何を言うか。わしはいつも、こうやって若い者を鍛錬《たんれん》することにしているのだ。お主だって知っているだろうが——」

死体はすでに、解剖のために搬出されていた。その他は、ホレスが事件に遭遇した時と同じ状態になっていた。H・Mは珍しく文句も言わず、広い室内をゆっくりと歩き回り、あらゆる場所を細かく点検した。最初は壁に沿って右回りに歩き、大きな鏡に自分の姿を映してポーズを取り、最後に、二つのドアと三つの窓を調べたのだった。

「紙テープの糊は乾いていたか」

と、Ｈ・Ｍは、東側の閉じたままにしてあるドアの前に立ち、マスターズ警部の方を振り向いた。太い人差し指で、扉の合わせ目に貼ってあるテープの上を撫でた。

「いいえ。完全ではありませんでした」

マスターズ警部は首を横に振った。

「そっちのドアは、所々、剝がした跡が残っていたぞ。乱雑に紙テープをむしり取った証拠だな」

「ゼック医師が、急いでドアをあけようとしたからです」

Ｈ・Ｍは視線を上に向け、

「わが悪戯っ子は、ドアの上にある採光窓から、室内の様子を覗いたのだな？」

と、確認した。

「そうです。御覧のように、ガラスははめ殺しになっていますから、取り外しはできません」

「ふん。もしかすると、呪いの短剣なら、光のように、ガラスを素通りするかもしれんて」

と、Ｈ・Ｍは皮肉っぽく言い、鍵穴から棒鍵を抜き取り、それをシャンデリアの光に晒してよく観察した。それから、鍵穴に戻して回し、施錠される際の具合を点検した。さらに、ドアをあけたままで同じことを行ない、錠前の横から突き出すデッドボルトや、受け金の形まで調べた。

「鍵の回転はかなり渋いぞ。手で直にしめないと、施錠するのは無理だな」

「私もそう思いました」

と、マスターズ警部は、H・Mの結論に同意した。

H・Mは、しまっている方の窓へ移動した。紙テープの貼り付き具合を見た後で、それを剝がし、錠前のつまみを太い指で触った。つまみをいったん縦にして、窓をあける。次に、窓をしめて、つまみを横に倒した。つまみを回すには少し力が必要であり、施錠された状態では、窓のガラス扉はほとんど動かなかった。

「どうですか」

マスターズ警部が遠慮がちに訊いた。

「堅牢なドアであり、堅牢な窓だな。それに、錠前にも細工を施す余地はなさそうだ。少なくとも、わしの知っている方法では無理だ。だいいち、ドアや窓の周囲を紙テープで塞がれていては、糸や針金を使って棒鍵を外部から回す方法は存在しない」

「糸や針金を通す隙間もないですからね」

と、マスターズ警部は絶望的な顔で指摘した。

最後に、H・Mは、部屋の中央にある丸テーブルに近寄った。

平べったい鼻を突き出し、その先のずれたメガネ越しに、古いランプと蝋燭立てをじっくり見つめた。

「マスターズ。この太い蝋燭には、火が点いていたのか。少し短くなって、蝋が下に垂れているが」

マスターズ警部は横に立って、大きく頷いた。

「はい、そうです。その時の蝋燭の長さを保つために、最初に到着した警官が火を消しました。その他には、触ったものはありません」

「燃えていた時間を推定したか」

「せいぜい、三十分以内です」

「自殺の可能性は？」

「まったくないとは言えませんが、殺人の可能性の方が圧倒的に高いですね。ワレムには自殺する理由がなさそうですし、遺書もありません。また、短剣の突き刺さり具合からすると、犯人は右利きであり、創傷の角度によると、自分で刺したのとは異なっています。自分で刺したとすれば、左手を使ったことになりますが、彼は右利きです」

「左手で、自分の左胸を刺すのは難しいぞ」

「そうですね。力も入りません」

と、マスターズ警部はその真似をしてみせた。

Ｈ・Ｍは弛んだ顎を撫でながら、

「十年前の事件では、確か、犯人は左利きと推測されていたな。亡霊は左利きなのか、右利きなのか、どっちなんだ？」

と、意地悪く尋ねた。

「さあ」

「ふふん。不可能性だけみれば、状況的には、十年前の足跡なき殺人とよく似ているな」

「異論はありません」

マスターズ警部が素直に言うと、Ｈ・Ｍは禿頭を手で撫で回し、

「犯行推定時間は？」

と、確認した。

「ボーディン君がこの館へ来たのが、午後二時頃です。殺人は、そのほんの少し前にあったと考えられます。蝋燭の燃え具合とも合致します」

「ゼック夫人とアリス嬢が、レモネードを飲んだ時間は？」

「その三十分ほど前です。ゼック夫人に命じられて、デキャンタとグラスを、メイドが台所から二階へ運びました」

マスターズ警部はそう答えて、西の方へ視線を向けた。そちらの方向に台所があるからだ。

「死体は、この椅子に座っていたそうだな。どっちを向いていたんだ？」

と、H・Mは、丸テーブルの周囲にある猫足の椅子の内、西側のものを指さした。

「丸テーブルの方を向いていました。六脚の椅子すべてが、そのような形で配置してあったんです」

H・Mは、椅子の座面に顔を近づけた。

「被害者は、椅子に座っているところを刺されたのか」

「いいえ。床に飛んだ血の飛沫などの様子から見ると、そうではないようです。我々はこう推測しました。

最初、彼は、丸テーブルに対して横向きに――北側を向いて――座っていました。犯人が部屋に入ってきたので、彼はその場で立ち上がります。犯人が彼に近づき、向かい合った途端に、隠し持っていた短剣を彼の胸に突き立てました。いきなりの犯行です。

ワレムは肉体的にも精神的にも衝撃を受けて、椅子に座り込みます。短剣の刃が心臓に達していたので、彼はそのまま事切れます。

それから、犯人は、彼の椅子を動かし、彼の体を丸テーブルの方へ向けたのです。何故、そうしたかは解りませんが。ワレムが、降霊術のリハーサル中に死んだように見せたかったのかもしれません……」

鷹揚に頷き、H・Mは、

「ああ、きっとそんなところだろうな。死体の置かれた状況には、それほど深い意味はないのさ。怪奇的な雰囲気を増長させるつもりだったんだろう。密室工作や凶器に呪いの短剣を使ったことも含めて、犯人は、この殺人を超自然的な存在の仕業に見せかけたかったんだ。亡霊か魔女による魔術的な影響力が働いたと、偽装しているわけだ」

「何故でしょう？」

「変質的なオカルト信者か、よほどの自信家だな。密室の謎を警察が解けなければ、犯人の正体が解っても、罪に問えないわけだから」

「なるほど」

H・Mは床を見下ろし、

「犯人は、血を踏んでいなかったか」

マスターズ警部に確認した。

「不明瞭な痕跡が、一つだけありました。つま先で、飛沫を横方向にこすった跡です。残念ながら、靴の種類を特定するのは難しいようです」

H・Mは小考して、それから、開いているドアの方へ戻った。

「おい、ぼんくら。お主の名前を教えてくれ」

と、いかめしい声で、廊下にいる警察官に要求した。

「はい。スミス巡査であります」

若い警察官は戸口に顔を見せ、緊張した面持ちで答えた。

「よし、スミス巡査。お主は、わしがこれから言うとおりにするんだぞ。文句はなしだ。わしがこのドアをしめたら、廊下にある宝箱を踏み台にして、ドアの上にある採光窓から、室内を覗いてくれ。解ったな」

「はい」

H・Mはドアを閉じると、マスターズ警部を振り返った。

「その丸テーブルの直径はどのくらいだ。一メートルちょっとだな。悪いが、お主は、その下に潜り込んでくれんか」

「何ですって?」

マスターズ警部は面食らって、訊き返した。

「聞こえただろう。四つん這いになって、テーブルの下に入るんだ。黙って言うとおりにするんだ」

H・Mが真剣なのは明らかだったので、マスターズ警部は仕方なく指示に従った。

御大はドアの方へ体を向け、採光窓を見上げた。やや汚れたガラスの向こうに、若い警察官の顔が覗いていた。

「おい、スミス巡査。テーブルの下にいるマスターズ警部は見えるか！」

と、H・Mは、大きな声で質問した。

「はい、見えます。はっきりと！」

ドアの外から返事が返ってきた。

H・Mは大きく頷き、満足そうに言った。

「マスターズ、もういいぞ」

それから、自分はそのドアに背中をくっつけた。

「スミス巡査。わしの姿が直視できるか」

「いいえ。真下は見えません。死角に入っております！」

「だったら、向かい側の壁にある鏡を見るんだ。わしの姿は映っているか」

「はい、映っております」

「じゃあ、わしは、これから、もう一つのドアの方まで移動する。他の鏡も見ながら、わしの姿が見えるかどうか確認するんだ」

「了解しました！」

Ｈ・Ｍは、ゆっくりと壁に沿って歩いた。そして、隣のドアの前を通り過ぎ、東側の壁との角まで行った。

「どうだ、スミス巡査。わしの姿は見えていたか」

「はい。見えていました。今も、見えます！」

「じゃあ、実験は終わりだ。マスターズ、スミス巡査、ありがとう。宝箱を元に戻して、ドアをあけてくれ」

Ｈ・Ｍは、しごく満足そうに言った。

「――いったい、何だっていうんですか、ヘンリー卿？」

困惑顔で、マスターズ警部は、部屋の中央に戻ってきたＨ・Ｍに尋ねた。

「採光窓から覗いた時に、テーブルの下が死角になるのではないかと思い、それを確認したのだ。もちろん、なるはずがない。テーブル・クロスもかかっていないのだからな。

そして、ドア側の壁に犯人がひっついていた場合のことも考えた。スミス巡査が言ったとおり、死角になるからな。しかし、これも、ダンスの練習に使う鏡のせいでだめなことが解った」

「当たり前ですよ。ボーディン君とゼック医師は、窓の外からも室内の様子を確認しています。死体以外に人がいないことは確実でした」

「ところがな、そうでもない」と、H・Mは微妙な言い方をした。「人間の目はな、マスターズ。自分が見たいものを見るものだ。ところが、人間の心は、見えないものまで見えるのだよ。少なくとも、見えると思い込むことがあるんだ。奇術師が用いる手品のトリックは、それを応用したものだ。観客の心理的な盲点を突いて、見えるものを見えなくしたり、その逆をやるんだ」

「では、犯人も、ここで奇術を用いたというのですか」

マスターズ警部は、不満げに言った。

H・Mは、真面目くさった顔で答えた。

「ああ、そのとおりさ。奇術も不可能犯罪も、原理は同じようなものだ。犯人は、奇術以上の巧妙なトリックを使って、この密室殺人を演出したんだ。知恵のある悪人でなければ考えつかないような、悪意に満ちた欺瞞《ぎまん》を施したわけさ――」

7　幽霊に怯える老人

殺人現場を調べ終わったH・Mは、ゲディングズ老人をはじめとするこの館の住人に会い、話を聞くことにした。尋問に適した場所として一階の居間を選ぶと、若い警察官に、彼らを順番に連れてくるよう命じたのだった。

「——ところでだ、マスターズ。十年前の殺人事件に関しては、何か解ったことはあるのか」

と、H・Mは肘掛け椅子にドッカと腰を下ろし、葉巻に火を点けてから尋ねた。

「ええ、ヘンリー卿。いくつか興味深いことが判明しました。殺されたマイケル・ライリーという宝石商ですが、当時、ある中年の未亡人と婚約中でした。しかし、そのことで、いろいろ家族と揉めていたみたいです」

「相手の名は？」

「シシリー・ブラウニングという伯爵未亡人です。夫は、ギャンブルにのめり込んで多額の負債をかかえ、拳銃自殺しています。その一年後、ライリーとシシリーはあるパーティーで知り合ったのですが、すぐに意気投合したようです。ライリーの方は、伯爵未亡人と再婚することで箔を付けたい。シシリーの方は、ライリーの金が欲しいということで、利害が一致したようです」

「どんな揉め事があったんだ？」

「この館の主人のゲディングズ老人が、何だか解りませんが、その結婚に反対していたようです。当時いたメイドが、二人が何度となく口論しているのを聞いています。ゲディングズ老人がライリーに、『お前たちの結婚が成立するはずがない！』とか、『お前たちの結婚など無効だ！』とか何とか、激昂して怒鳴っていたそうです。

そのため、結婚話が進まず、ブラウニング伯爵未亡人とライリーの間でも、だんだん諍《いさか》いが多くなりました。ライリーの煮え切らない態度に、彼女はずいぶん不満をいだいていたようです。どうも、ライリーに別の女がいるのではないかと疑っていたようですね。この点については、ブラウニング伯爵未亡人の小間使いの証言を得られました。

そうこうしている内に、あの事件が起きて、ライリーが死んだのです。すると、ブラウニング伯爵未亡人は、かかわり合いになるのが嫌さに、さっさとイタリアへ逃げてしまいました。今でも、彼女は向こうに住んでいます」

紫色の煙をゆっくりと吐き出し、

「すると、そのシシリー・ブラウニングにも、ライリーを殺す動機があったわけだな」

と、H・Mは確認した。

「ええ。愛憎のもつれですね」

「当日の彼女のアリバイは？」

「自宅で、客を招いていました。小間使いもそれを認めています」

「ゲディングズ老人が、二人の結婚に反対していた理由は何だ？」

「メイドの話だと、インドから帰ってきた当初から、老人はライリーのことを嫌悪していたそうです。うさんくさい奴として、まったく認めていなかったのですな。しかし、孫娘を遠い異国の地から連れ帰った恩人ということで、仕方なくこの館に住まわせてやっていたようです。


ライリーがブラウニング伯爵未亡人と結婚すると言いだした時には、ならば、この館から出て行けと強く命じたようです。ところが、ライリーは承知せず、追い出すならそれなりのものを払えとか、フローラは連れて行くとか、完全に居直って、ごねていたみたいです」

「ふふん。はあ。これまで聞いたことを総合すると、マイケル・ライリーという男は女たらしの上、相当な食わせ者だな」

と、H・Mが吐き捨てた。

マスターズ警部も頷き、

「そう思います」

と、同意した。

「この手の男を、わしはよく知っている。性格的に言って、絶対に自殺などするはずがない。たらし込んだ女を自殺に追い込むことはあってもな」

「同感ですね。ですから、十年前の事件は、間違いなく殺人でありましょう。ただ問題は、犯罪現場に、加害者の足跡が一つも見つからなかったことです」

H・Mは腕組みして、考えながら言った。

「ライリーもワレムも、ほとんど即死だった。これがそうでないならば、殺人の不可解性など取るに足らんものになるのだがな。

たとえば、ライリーが刺された場所が、敷地の外の街路だとしよう。胸に短剣が突き刺さったまま、助けを求めて館へと戻り、力つきて玄関の前で倒れたのかもしれん。

ワレムも、廊下かどこかで刺され、犯人から逃れるために舞踏室に逃げ込み、自分でドアに施錠した可能性はある。犯人の二度目の攻撃を避けるためにな。

しかし、これらの想像は、証拠や事実とは完全に異なるな。ライリーの事件では、雪の上に付いた足跡は乱れてはおらんかった。死にそうな男が歩いていたら、千鳥足になるだろう。また、二階から彼の姿を見たフローラもメイドも、胸に突き刺さった短剣を目にしておらん。

ワレムの場合にも、血の飛沫《しぶき》はテーブルの側にしかなかったし、ドアの隙間に紙テープまで貼る必要はない。そうだろう？」

「おっしゃるとおりです」

「こんちくしょう。何てこった！　実にいまいましい事件だ！」

と、H・Mが癇癪を起こし、拳でテーブルを叩いた。すると、その音に合わせてドアが開き、若い警察官が顔を出した。

「何だ?」

と、マスターズ警部が訊くと、スミス巡査は、執事とメイドを連れてきたことを告げた。

「ああ、通せ。ずずいっと奥へな」

と、H・Mは太い手を振って答えた。

執事のリーマンは、痩せぎすで背が高く、顔は浅黒かった。六十代半ばで、律儀さと忠誠心が洋服を着ているような男だった。口がかたく、H・Mとマスターズがいろいろと尋ねても、あまり役に立つことは引き出せなかった。

それは、メイドのスザンナも同じで、自分たちは何も見ていないし、何も聞いていないの一点張りだった。昼前からは、舞踏室の側にさえ近づいていないと、陰気な表情でブツブツと呟くように答えた。

他のメイドたちは、事件当時は留守だったため、元より何の参考にもならなかった。

最後に連れてこられたのは、この館の主であるアンソニー・ゲディングズ老人だった。彼が座った車椅子を、リーマン執事が押してきたのだった。ゲディングズ老人はかなりの高齢で、顔や手はしわだらけだった。痩せていて、背中を丸めている姿は、古ぼけた毛布のかたまりを思わせた。

ゲディングズ老人の車椅子は、H・Mの真正面に置かれた。

「御前はお体の具合が悪いものですから、お話は短時間でお願いいたします、ヘンリー卿」

と、リーマン執事が低い声で頼んだ。

H・Mは黙って頷き、萎《しな》びた老人の顔をしげしげと見つめた。

「ゲディングズさん。お互いにまったく見知らぬ仲ではないから、単刀直入に言おう。わしは、マスターズ主任警部を手伝って、この館で起きた殺人事件を捜査している。それから、十年前の未解決事件にも大いに興味を持っておるんだ。それらの事柄について、あんたは何か知っているね。知っているなら、警察の捜査に協力を頼む」

老人が答えるまでに、かなりの時間があった。彼は顔を落とし、まぶたが弛んだ目を、膝の上にある皮と骨だけの手に注いでいた。

「……ヘンリー卿。私は、誰がライリーを殺したか知っている。私の先祖に、トーマスという魔女発見人がいたが、その亡霊が、ライリーを始末したのじゃ。あれは呪いじゃよ。天罰だったんじゃ」

「何故、マイケル・ライリーが殺されねばならん？」

「ライリーは、魔女にたぶらかされ、魔女の仲間になった。だから、魔女発見人に殺されたのじゃ。当然のことだろう。そうじゃないかね？」

「十年前、あんたとライリーは、いつも角突き合わせていたと聞く。諍《いさか》いの理由は何だ？」

「諍い？」

ゲディングズ老人は、目をゆっくりしばたたいた。それから、少しだけ顔を上げた。

「そうだ」と、Ｈ・Ｍは強調した。「ライリーとブラウニング伯爵未亡人の結婚のことなどで、あんたは、ライリーをなじっていたそうじゃないか」

「わ、私は、家長として当然のことをしたまでじゃ。ライリーは悪党じゃった。嘘つきで、詐欺師で、漁色家のげすす野郎だったのさ。だから、私は、最初からあの男が嫌いでな、何度も、この家から追い出そうと頑張ったのじゃが……だめだったのだ……」

「それが、彼と伯爵未亡人との再婚に反対した理由なのか」

「私が、か、彼を……」

と、ゲディングズ老人は小首を傾げた。

「ああ」

「……そんな、訳はない。私は、あの男が……いいや……忘れた……もう昔のことなのでな……すっかり、忘れてしもうた」

「だったら、次の質問だ。ライリーを殺したのが誰か、あんたは知っているのかね」

そう質問して、Ｈ・Ｍは葉巻を取り出し、火を点けた。

「……うむ。知っている。だから、言っているだろう。トーマス・ゲディングズの幽霊じゃと……」

「そうじゃない。本当の犯人だ。あの犯行は、人間の仕業なのだ。わしは、本物の犯人が誰なのか知りたい」

「……呪いじゃよ……魔女発見人の、裁きじゃ……そう裁き……裁き……裁き……」

と、ゲディングズ老人は唇を震わせながら、小さく呟き続けた。

Ｈ・Ｍはそれを遮るように、力を込めた声で尋ねた。

「ならば、今日、舞踏室で起きた事件はどうだね。執事かメイドに話は聞いておるだろう。ゼック夫人が雇った降霊術師が、あの呪われた短剣で刺殺されたんだ。マルク・ワレムというベルギー人だがね」

「魔女発見人の短剣か！」

と、ゲディングズ老人は急に顔を上げ、声を荒らげると、嫌悪感を丸出しにした。

「ああ、そうだ」

ゲディングズ老人は、声を落とした。

「私は、その降霊術師のことは何も知らん。フローラに訊いておくれ……」

「もちろん、そうする」と、H・Mは頷き、葉巻の灰を灰皿の上ではたきながら、「しかし、あんただって、何か知っておるだろう？」

と、我慢強く質問した。

「フローラはどこじゃ。私は、あの娘に会いたい。リーマン、あの娘は？」

肩越しに軽く振り返り、ゲディングズ老人は使用人に尋ねた。

リーマン執事が答える前に、H・Mが言った。

「ゼック夫人は、近くの病院で治療を受けている。わしの甥の恋人も同様だ。何者かが、彼女らに強い睡眠薬を飲ませたのだ。ゼック医師の薬品棚から、睡眠薬の入った薬瓶を持ち出してな。レモネードに混ぜてあったそうだよ。犯行時に、二人が目覚めていては邪魔だと考えた者がおるわけだ。

どうだね。ゲディングズさん。あんたは、そんなことまで、亡霊のせいにするつもりか。わしには、とうていそうであるとは思えないがね。誰か、生身の人間の企みが働いているんだぞ」

「私は、知らん」と、ゲディングズ老人は怯えたように言った。「何も知らん。私は、一昨日も、昨日も、今日も、自分の部屋から出なかった。自分の部屋にいたんじゃ。幽霊が何をしているかなんて、私の知ったこっちゃない！」

「ライリーを殺した魔女発見人の短剣を、この十年間、ずっと隠し持っていたのは、あんただろう?」

と、H・Mは冷たい眼差しで言った。

老人はビクリと体をすくめた。だが、あわてて、

「いいや。違う。そうじゃない」と、打ち消した。「私は、本当に、何も知らんのだ。知らん。知らん。さっき、箪笥《たんす》の奥を調べたら、あれがなくなっていた。それしか知らん。他のことは知らんのじゃ。本当じゃ。知らん……何も……何も……何も……何も……何も……」

ゲディングズ老人は、壊れたゼンマイ仕掛けの人形のように、首を左右に振り続けた。

8　主任警部の捜査報告

翌日の午後だった。ここは〈亡霊館〉の細長い食堂。H・Mは、そこにあるやはり細長いダイニング・テーブルの前に座っていた。昨日から今日にかけて警察が捜査で得た結果を、マスターズ警部が、御大に今から報告するところだった。テーブルの上には、メイドが作っ

た山盛りのサンドイッチが載っている。

マスターズ警部は、メモを確認しながら言った。

「ヘンリー卿。それでは、順番に報告いたします」

「ああ、頼む」

と、H・Mは片手に葉巻、片手にサンドイッチという体勢で答えた。

「ワレムを殺した凶器――あの呪いの短剣――には、新しい指紋は付いていませんでした。犯人は手袋をしていたと思われます。ドアや窓の隙間を塞いでいた紙テープも同様です。

紙テープの縁からはみ出した糊に、細い木綿の繊維が付いていました。ですから、犯人がはめていたのは、白い木綿の手袋でしょう。紙テープの長さはおよそ六十センチ。幅は六センチほど。ワレムが、大きな厚紙を切って作ったようです。部屋の外にあった宝箱の中から、余分な厚紙やハサミが出てきました」

「ワレムは素手だったな。部屋の内外に、手袋は落ちていたか」

「いいえ、ありません」

「であれば、それだけでも、自殺説は否定できるぞ」

と、H・Mは指摘した。

マスターズ警部は頷いた。

「睡眠薬の薬瓶が、裏口の外にあるゴミ箱の中から見つかりました。壜の中身は空でした。ゼック医師以外の指紋は付いていません。メイドの話だと、ゴミ箱は一昨日の夕方、綺麗に掃除したとのことですので、夜の内に、犯人が薬瓶を捨てたものと考えられます。その前に、睡眠薬を、冷蔵庫の中にあるデキャンタに垂らしたのでしょう」

「そうなると、やはり、犯人は家族の一人という可能性が高いな」

「そうなのですが、現状ではまだ、誰が犯人だとは断定はできません。勝手口は、真夜中にリーマン執事が錠前をしめています。それまでは、外部から誰でも侵入できたはずです。もちろん、館内の構造を知っている者と限定されますが」

「アンソニー・ゲディングズの体調はどうなのだ。仮病の疑いはあるか」

「たぶんありません。あの老人は、肝臓と腎臓をひどく患っています。足腰もかなり弱っていて、車椅子でないと自由に行動できません」

「まあ、どのみち、車椅子に座ったまま、ワレムの胸に短剣を刺すのは無理だろうな。何らかの仕掛けや、殺人装置を使ったのなら別だがな」

そう言って、H・Mは、平べったい鼻の上にしわを寄せた。

マスターズ警部は、紅茶で唇を潤し、

「ヘンリー卿。建物の南側にある庭をよく調べろということでしたね。露や霧に濡れて、地面がぬかるんでいる場所があり、二人分の足跡が残っていました。ゼック医師とボーディン君のものです。芝生の乱れ具合からしても、他に外を歩いた者はいません」

「ははん。亡霊やうつろな男なら、足跡など残さずに空中を移動できるだろう」

と、H・Mは馬鹿にしたように言った。

マスターズ警部は気にせず、報告を続けた。

「一昨日の朝、ワレムとフローラ・ゼック夫人が口論しているのを、キャシーという若いメイドが見ています」

「その内容は？」

「ワレムが毒々しい顔でほくそ笑み、『あの男と結婚できるはずがないだろう』と毒づいていたそうです。つまり、ウッド嬢のことを、二人で話していたのでしょう。そして、あの男というのはボーディン君のことですな。ワレムは、妻子ある男性と不倫関係にあったウッド嬢を、それをネタに強請っていましたからね」

H・Mは、短くなった葉巻を揉み消し、

「ゼック夫人もアリス・ウッドも、もう目を覚ましたのだろう？」

と、マスターズ警部に確認した。

「ええ、ほぼ正気に戻りました。病院の方では、明日にでも退院できると言っています」

「事情聴取はできたのか」

「簡単にですが、話を聞きました」

「ならば、ゼック夫人は、ワレムとの諍いのことを何と説明しているのだ？」

「前回の降霊会で、ワレムがウッド嬢を脅したのに気づき、それをやめるよう諫《いさ》めていたのだと言っています。一応、筋は通っているようです。ワレムも、ゼック夫人という後ろ盾をなくすのは得策ではないと判断し、渋々承諾したそうです」

「ふむ。もっともらしい話だ」

と、H・Mは言い、サンドイッチに手を伸ばした。

「ワレムは、ウッド嬢の醜聞《スキャンダル》に関する例の写真を持っていました。ゼック夫人は、それも返却させたそうです。ウッド嬢がボーディン君の約束より早くここへ来たのは、それを受け取るためです」

「彼女の訪問は何時頃だ？」

「午前十一時頃ですね」

「娘っ子は、ワレムに会っているのか」

「いいえ。ワレムは降霊会の準備をしていたようです。写真は、ゼック夫人から受け取りました。それから、二人で昼食を取り、食後にあのレモネードを飲んだわけです」

「ゼック医師とゲディングズ老人は？」

「ゼック医師は、ウッド嬢と入れ替わりに回診に出かけました。ゲディングズ老人は、いつものように、自分の部屋で食事をしていました。彼の面倒は、執事のリーマンがすべて見ています」

「スザンナ以外のメイドは、皆、休暇でいなかったんだな」

「そのとおりです」マスターズ警部は頷いた。「ゼック夫人がワレムに頼まれて、降霊会の日には、人払いをしていました。それが常になっていました。幽霊や霊魂は神経質なので、なるべく邪魔者がいない方が良いというのが、降霊術師であるワレムの言い訳です」

「ホレスとアリスの他に、降霊会に参加する予定だったのは？」

問うてから、H・Mは紅茶をグビッと飲んだ。

マスターズ警部は眉を歪めた。

「それが変なんですよ、ヘンリー卿。ゼック夫人の友人である弁護士のキング夫妻、画家のロン・ハワードとその妹が来るはずでした。ところが、降霊会は中止になったという電話があったと皆が言っています。昨日の朝のことです」

「誰からの知らせだ？」

「ゼック医師です。しかし、彼はそんな電話はしていないと断言しました。キング夫妻も、電話の声がゼック医師より低いので、変だと思ったと述べています」

「ほほう。つまり、ここにも嘘つきがいるわけだな。誰だか知らんが、ゼック医師の声色を使った者がいるらしい」

H・Mは目を怒らせ、挑戦的に言った。

「一応、キング夫妻とハワード兄妹のアリバイを調べましたが、皆、自宅にいたということで、第三者による証明はありませんでした」

訊かれる前に、マスターズ警部は報告した。

「それも、嘘つきの狙いに含まれておるのだ。亡霊が電話をかけたのなら別だがな」

「まさか、あり得ないでしょう」

マスターズ警部は手を振った。

H・Mは手に付いたパンくずをはたき、

「他に、判明したことはあるか」

と、相手の話を催促した。

「いいえ。今のところはこれだけです」

「そうか」

「謎解きの役に立つでしょうか」

マスターズ警部は、心配そうに尋ねた。

「ああ、充分に役に立つぞ。必要な手がかりが、少しずつ集まっている――そうだ。インドでのマイケル・ライリーの素行については、何か知らせは来ているか」

「いいえ、まだです。申し訳ありません」

マスターズ警部は首を振った。

「いいや。恐ろしく遠地なのだから、仕方あるまい」

H・Mにしては珍しく、優しい声で返事をした。

「それで、この後はどうしますか、ヘンリー卿。謎はもう解けましたか」

と、マスターズ警部は期待を込めて尋ねた。

「そうだな」と、H・Mは腕組みして言った。「――これまでに解ったことを中心に、手がかりを用いて、わしは論理的に推理を組み立ててみた。すると、想像していたとおりの結果に到達した。犯人が誰かということも、事件の真相も、おおよそ見当が付いたといって良いだろう」

「本当ですか！」

マスターズ警部はびっくりして、訊き返した。

「ああ。ただ問題は、証拠だ。犯人を捕まえるには、明確な証拠がいる。それが今のところないのだ。わしらにあるのは、状況証拠ばかりだ」

「でも、謎は解けたのですね！」

「ああ、そうだ。わしが解ったと言ったら、間違いなく解ったのだ――九割方は解ってい
る」

「十年前の事件もですか」

「そうだ」

「信じられません。私には五里霧中ですよ――というか、むしろ混迷は深くなっています」

するとH・Mは、愉快そうな顔で指摘した。

「それはな、マスターズ。お主が犯人が口にした嘘を信じているからだ。人間は、自分が見たいものを見るものだ――この前、わしはそうお主に言ったな。そして、信じたいものを信じる傾向にもあるのだ。この犯人は、欺瞞を施すための詐術として、その点をうまく利用しておるわい」

「まるで、心理学者ですな」

「そうだ。優秀な犯罪者は、立派な心理学者でもある。けれども、優秀な探偵もまた、立派な心理学者になれる。犯人と探偵の知恵の攻防はな、いつでも、裏の裏の裏の読み合いなのだよ」

「真相を教えてください、ヘンリー卿」

と、マスターズ警部は熱心に頼んだ。

H・Mは葉巻を深々と吸ってから、

「もちろん、教えるさ。だが、今じゃない。適当な時機が来るまで待て、マスターズ。まだいろいろと考えねばならんこともあるし、準備せねばならないこともある」

と言った。

「何の準備ですか」

マスターズ警部が小首を傾げるのを無視して、H・Mは顔を突き出し、声を低めて言った。

「一つ、お主に頼みがある。今夜午後八時頃から、この館で、食後に小さな集会が開かれるよう手配してくれ。ゼック医師に頼めばいいだろう。そして、その時には、ゼック夫人とアリス・ウッドの同席も必要となる。病院から連れてくるんだ。もしかすると、彼女たちの証言が重要な手がかりとなるやもしれん。犯人逮捕の決め手としてな」

「つまり、その席で、事件を解決するわけなのですね」

と、マスターズ警部はわくわくした声で確認した。

「まあ、そういうことだ。知ってのとおり、わしはいつでも忙しい身だ。この事件にばかり携わっているわけにはいかんのだよ」

と、H・Mは胸を張って答えた。

「ゲディングズ老人はどうしますか」

「もちろん、参加させるのだ。あの老人も主役の一人だからな。首根っこをひっ摑まえてでも連れてこい」

「解りました。それでは、すぐに手配を始めます。それまで、ヘンリー卿はどうなさいます？」

「わしは、外交問題で、ちょっと外相と会わねばならない仕事があるんだ。だから、いったんホワイトホールへ戻る。ここへは、その頃に顔を出すぞ」

と、H・Mは断固とした口調で答えた。

「そうですか。それでは後ほど――」

と、マスターズ警部は頷き、元気よく椅子から立ち上がった。

9　H・M、推理を始める

〈ヘンリー・メリヴェール卿が〈亡霊館〉に戻ってきたのは、午後七時過ぎだった。彼がマスターズ警部に要求した集会は、殺人が起きた舞踏室で開かれることになった。しかし、その前に、居間に、この館の人間や関係者が集められていた。

　H・Mは、病院から戻ってきたフローラ・ゼック夫人やアリス・ウッド嬢とすぐに打ち解け、初対面とは思えないような感じで、親しげに話をした。主に、H・Mの昔話が中心で、彼が子供の頃、宿敵ジョージ叔父に、爆竹入りのバースデー・ケーキを贈ったことなどが、本人の口から誇らしげに披露されたのである。

「――ケーキがでかい音と共に破裂してな、クリームとスポンジの破片があやつの顔にベッタリ付いたんじゃよ。その時の光景を、わしは今でも鮮明に覚えておる。しかも、その後に、フルーツポンチを、二階の手すりから、皿ごとあやつの頭にぶちまけてやったのさ」

　ゼック夫人とウッド嬢は、御大の話を聞きながら、明るい笑い声を上げ続けた。マスターズの目から見ても、この二人は対照的な女性だった。

　ゼック夫人は世事に通じていて、大人の魅力を発散しており、熟《う》れた女性の色香を隠そうともしていなかった。ブロンドの髪は長く艶やかで、フランス製の香水の香りが強くその豊満な体から漂っていた。着ているドレスも、体の線を強調した薄いものであった。

　黒髪のウッド嬢の方は、まだ開花する前の薔薇のつぼみという風情だった。美しい女性であることは確かだが、自分の価値を自分でまだよく解っていなかった。それをよく理解しているのは、彼女に熱い視線を送る、恋人のホレス・ボーディンだけだった。

「――まあ、ヘンリー卿。本当にあなたって、勇敢な方ですのね。騎士道精神が失われてしまったこの世の中で、真に紳士といえるのは、あなたのような知性的で、しかも、行動力のある方ですわ。わたくし、そういう方がとても大好きですの」

ゼック夫人は甘い声を出して世辞を言い、H・Mの分厚い手の上に自分の小さな手をそっと重ねた。

H・Mもまんざらではないような顔で、

「そうなのだよ、君。実を言えば、わしは、ジェイムズ一世時代の詩人騎士の化身だからな――」

と、いつもの自慢話を始めるのだった。

アリス・ウッドも、恋人のホレスと顔を見合わせ、H・Mの話に適当な合いの手を入れた。

「――ヘンリー卿。それでは、ジョージ叔父様の仕返しが、もっと過激になったのではございませんか」

はにかんだような目をし、静かな口調で話すのがアリスの特徴だった。

H・Mは子供のような笑みを彼女に向け、

「お人形《マイ・ドリイ》ちゃんや。心配は無用だ。わしはな、その何倍もの仕返しをしたのだからな――」

と、さらに、少年時代の武勇伝をいくつも語ったのだった。

午後八時少し前に、ようやくゲディングズ老人が皆の前に顔を出した。ひどく青ざめていて、さらに萎びた感じがし、体調も悪そうであった。

「……ヘンリー卿。私に何か、用があるそうじゃな？」

老人は、弛んだまぶたを震わせて、弱々しい声で尋ねた。

H・Mは目を細めると、

「そうだよ、ゲディングズさん。わしはこれから、皆の前で、事件の真相を暴こうと思うんだ。犯人が誰かを明かし、ついでに、足跡なき殺人や密室殺人の謎を解明しようというわけさ。どうだね、真実を耳にしたくないかね」

「あ、あれは……亡霊の仕業だ……魔女発見人の仕業じゃよ……」

「見解の相違だな。わしには、殺人犯が誰なのか、ちゃんと解っている。犯人はもう捕らえたも同然なのだ。二人もの人間を殺したのだから、そやつは潔く、罪を償う必要があるのさ」

と、H・Mは冷たい声で言った。

「……だ、誰が、犯人じゃ？」

「よし、教えよう。だが、ここではだめだ。皆で、舞踏室へ行くとしよう。密室殺人がどのような方法で行なわれたのか、それを見せてやる。わしが再現するから、その寝ぼけ眼《まなこ》にしっかり焼き付けるがいい――」

Ｈ・Ｍの号令で、一同は舞踏室へ移動した。ゲディングズ老人の車椅子はリーマン執事が押し、メイドの中からスザンナも呼ばれていた。その前後を、マスターズ警部ら警察官たちが護衛のように付いて歩いた。

どの人物も、不安と恐怖と緊張感を顔に浮かべていた。恐る恐る、開いた西側のドアから、殺人現場へと足を踏み入れた。部屋の中央にある丸テーブルの上には、例の蝋燭とランプが置かれ、Ｈ・Ｍの指示ですでに蝋燭が灯されていた。そのため、ホレスがあの時嗅いだ、奇妙な匂いが濃厚に漂っていた。

全員が室内に入り終わり、東側の壁の前に立つと、Ｈ・Ｍは丸テーブルを背にして話し始めた。

「おほん。いいかね、愚か者の諸君。部屋の内外は、死体が発見された時のままになっている。ドアも窓も室内側から施錠され、周囲の隙間には紙テープが貼られていた。つまり、降霊術師のマルク・ワレムは、水も漏らさぬような完璧な密室の中で殺されていたんだ。奴の胸には、呪いの短剣が深々と突き刺さっていた。ほぼ即死といって良かろう。そして、奴は、ここにある椅子の一つに腰掛けて絶命しておったのだ」

と、H・Mは、丸テーブルを囲む形で置かれた六脚の椅子の内、西側のものを指さした。それから、また、巨体を皆の方へ向け、

「ところが、わしの甥のホレスがゼック医師と共にこの部屋に入ってみると、犯人の姿はどこにもなかった。煙になって霧散したか、空中にかき消えたかのようにだ。あるいは、壁を素通りして逃げたのかもしれん。どちらにしろ、犯人は影も形もなかった。そんな不可解な殺人が、この広い舞踏室で行なわれたのだ——少なくとも、わしらにはそう見えたわけだ」

「ええ、そうですよ、ヘンリー卿。あの男の死体を発見したのは、私とボーディン君です。この部屋の中には、誰一人としていませんでした。そのことは、私と彼がかたく証言しますぞ」

と、妻の手を握ったゼック医師が言った。夫人は、怯えた目をして彼に寄り添っていた。

「亡霊じゃ……トーマス・ゲディングズの、亡霊の仕業じゃよ……超自然的な力で、あのベルギー人を殺したのじゃ……」

と、囁くように、ゲディングズ老人が訴えた。

「いいや、違う」と、H・Mはきっぱり否定した。「これは、完全に、生身の人間の仕業さ。そして、その犯人は、たった今も、この部屋にいるのだ」

「な、何じゃと⁉」

老人はビクリとして、顔全体を震わせた。

H・Mは、全員の顔をゆっくりと見回した。

「わしは、ここで犯人に機会を与えようと思う。さっさと自白する者はおらんかな？」

しかし、誰も返事をしなかった。皆、恐ろしく強ばった顔をして、凍り付いたようにそこに立ちつくしていた。

H・Mは厳しい表情で、

「ふん」と、鼻を鳴らした。「だったら、わしも容赦する必要はなさそうだな。犯人の名を告げて、その者が行なった悪行を暴露するだけだ。後は、マスターズ警部が、その悪人の手に手錠をはめてくれるだろう」

「伯父さん。誰が、マルク・ワレムを殺したんですか。それから、十年前、マイケル・ライリーを殺したのは誰なんですか。同じ犯人ですか」

腕を回して恋人のアリスを引き寄せると、ホレスは真剣な顔で尋ねた。

H・Mは頷き、一同の顔を見回して、淡々とした声で断言した。

「両事件の殺人者は同じ人間だ。そいつは、自分の利益を守ることが大事で、人を殺すことなど何とも思っていないのさ。救いようのない極悪人なのだ。したがって、行き着く所は地獄と決まっておる」

するとゼック医師が緊迫した顔で言い返した。

「ですが、ヘンリー卿。十年前の事件では、犯人の足跡は、事件現場には一つもなかったのですぞ。門から現場までの雪の上には、殺されたマイケル・ライリーの足跡しかなかった。それも、私はこの目で見ている。常識では考えられない異常な出来事だったんだ――まさか、あなたは、この私が、彼らを殺したというのではないでしょうな？」

「いいや、お主は殺人犯ではない。逆に言えば、二つの事件の謎を解けば、真犯人に行き当たるというわけさ」

「ヘンリー卿。わたくしも、あの時のことは鮮明に覚えていますわ。わたくしは、二階の窓から、義父のライリーが前庭に入ってくるところを見ました。確かに、義父は一人で歩いていました。そのことは、スザンナも証言してくれるはずです」

そう言って、青ざめた顔のゼック夫人は、自分のメイドの方を見やった。

Ｈ・Ｍは頷き、

「ゼック夫人。わしは、基本的にはお主たちの言葉を信じている。警察の捜査報告書を確認したが、事件現場の状況には、疑わしい点はほとんどない」

「でしたら……」

「しかし」と、Ｈ・Ｍは大きな手を振り、彼女の言葉を遮った。「誰かが嘘をついておるのは確かだ。嘘をつくことと、その嘘を正当化するための行動によって、犯人は、ライリーの死を、まったく訳の解らない、理不尽なものにしてしまったのだよ」

「それは、誰ですの？」

ゼック夫人は、ブルブルと震えながら尋ねた。顔からは、すっかり血の気が失せていた。

Ｈ・Ｍはそんな彼女に目を注ぎ、それから、彼女の夫に視線を移した。さらに、ゲディングズ老人を見やってから、ふたたび、フローラ・ゼックに鋭い眼差しを注いだ。

「呪いの短剣を使って、マイケル・ライリーを殺したのは、お主だよ、ゼック夫人」

10　殺人者の仮面を剝ぐ

引きつった顔と声で、フローラ・ゼック夫人がアッと息をのんだ。ホレスには、それが小さな悲鳴に聞こえた。

「十年前、お主は義父を殺し、昨日はマルク・ワレムを殺した。まさしく魔女のように冷血な女だな、えっ？」

と、Ｈ・Ｍは無表情な顔で、彼女を犯人として告発したのだった。

「な、何ですと。私の妻を疑うとは――」

真っ赤になって怒り、抗議したのはゼック医師だった。しかし、そんな彼を、H・Mは怖い顔で睨みつけた。

「黙って聞きたまえ、ゼックさん。わしの話を、最後までちゃんと聞くのだ。そうすれば、何もかも事情が解る」

「だ、だが、メリヴェール卿。あの時、妻は、館の二階にいたのですぞ。それは、メイドや他の使用人たちだって知っていることです。ぜ、絶対に間違いない事実なのだ！」

「そうだ。そのとおりだろう」と、H・Mは冷静な顔で頷いた。「だが、だからこそ、わしは、彼女が犯人だと言うのだよ」

「そ、そんなことはあり得ない――」

必死に首を左右に振るゼック医師を、H・Mは侮蔑的な目で眺めた。

「あの時は、こういうことが起きたのだ。非常に単純な話だ。お主の奥方は、二階の窓をあけて、玄関の前まで来たライリーに呼びかけたのだよ。それを聞いて、彼は彼女の方を見上げた。その瞬間、彼女は、あの呪いの短剣を思いっきり投げつけた。短剣は見事に彼の胸に突き刺さり、彼はたいして悲鳴を上げることもできず、その場に崩れ落ちたのだ。

だから、その時点で前庭には、どこにも犯人の足跡はなかった。雪の上に見つかったのは、ライリーの足跡だけだった。当然のことだ。誰も、彼に近寄らなかったのだからな。犯人の足跡が存在しないのは当たり前のことで、別に不思議でも何でもないのだよ」

「う、嘘だ！」と、ゼック医師は喘ぐように言った。「あの短剣は、誰かが直に、ライリーの胸に突き刺したものだった。け、警察だって、そのことは認めていますぞ、メリヴェール卿！」

「では、そこに嘘があるのだ。悪い嘘つきは、お主だな、ゼックさん。お主は妻の――当時は婚約者であるフローラの――犯行を隠そうとして、虚偽を述べていたわけだ」

「ば、馬鹿な！」

額に汗を浮かべ、ゼック医師が叫ぶと、

「伯父さん、待ってください！」と、横から、たまらなくなったホレスが口を挟んだ。「ですが、あの短剣は、誰かが直にライリーに突き刺したものだったはずです。鑑識の見解では、犯人は左利きの人間ということでしたが！」

Ｈ・Ｍは、静かな眼差しで答えた。

「ライリーは二階を見上げるため、背中を反り、胸を張るような姿勢を取った。そこに、上から短剣が飛んできたのだ。したがって、創傷の角度は、誰かが短剣を逆手に握り、それを振り下ろしたのとほぼ同じになった」

それから、H・Mは、一同の端に隠れるように立っている中年の使用人に目を向けた。

「メイドのスザンナは、短剣が胸に刺さったライリーが苦しみ、まっさらな雪の上に倒れる瞬間を見ておる。彼女は二階から駆け下りてきて、ちょうど玄関のドアをあけたのだ。あの恐ろしい場面を目撃したスザンナは、悲鳴を上げて、その場に立ちすくんだ。

その時、門の方からは、遅れて入ってきたゼック医師が走ってきて、ライリーを助けようとした。そして、スザンナに誰か人を呼んでくるように命じたのだ——そうだったろう、スザンナ？」

しかし、彼女は萎縮《いしゅく》した顔で身をすくませ、返事をすることもできなかった。

H・Mは、そのまま話を続けた。

「ライリーの後から門をくぐり、前庭に入ってきたゼック医師には、ライリーの後ろ姿も見えたし、二階の窓も見えた。したがって、フローラが窓をあけ、ライリーを殺す瞬間も見えたのだ。つまり、最初から、この男は誰が犯人かを知っておったのだよ、わが悪戯っ子よ」

と、ホレスに声をかけて、H・Mはゼック医師を指さした。一同はびっくりして、彼の方へ目を向けた。

「ゼック医師は、懸命に考えた。これでは、警察がフローラを疑うのは間違いない。彼女を助けなければならない。この時くらい、この男が自分の頭を使ったことはなかろう。

そして、ゼック医師はスザンナを遠ざけると、ライリーの胸に刺さっている短剣に手をかけた。力を込めてもっと深く刺し、さらに、それをねじるように動かしたのだ。そのせいで、あの短剣は、誰かの手で直接刺したもののように見えたわけだ。

これが、あの雪の日にあった犯行の全貌だ。不可解な足跡なき殺人の真相なのだ。ライリーの命を奪ったのはフローラであり、それを幽霊の仕業に見せかけたのはゼック医師の仕業だ。単純だが、なかなか効果的な奇術だったよ。警察をまんまと欺き、事件を未解決にしてしまったのだからな」

ホレスはゴクリと唾を飲み込み、

「なるほど。確かにそうに違いありません。伯父さんの推理は正しいでしょう。不可能を可能にするには、そういう方法しかない……」

と、譫言《うわごと》のように呟いた。

H・Mは、車椅子の老人の方へ一歩近づいた。

「それから、ゲディングズさん。お主も嘘つきの一人だ。いいや、嘘つきというより、黙り屋といった方が正しかろう。あんたは、当初から、この二人の犯行を知っていた。孫娘のフローラが、冷血な殺人者であることを知っておった。なのに、それを警察に教えなかったのだ」

「わ、私が……ち、違う……あれは……あれは……亡霊の……」

と、愕然とした様子で言い、ゲディングズ老人は唇を震わせた。

横から、ジロリと犯人たちを見て、マスターズ警部が尋ねた。

「動機は何ですか、ヘンリー卿。この二人が共謀して、マイケル・ライリーを殺した理由は？」

「愛憎さ。それから、金銭欲だ」と、H・Mは事も無げに答えた。「世の中の犯罪のほとんどが、この二つの単純な動機から起こっている。簡単に言えば、フローラはゼック医師と結婚するため、ライリーという男が邪魔になったのだ」

「邪魔とは？」

「マイケル・ライリーは見栄えの良い男で、人好きがし、女に滅法だらしがなかった。フローラの母親も、宝石商をしているというこの男の魅力にあっさり騙された。そんな女の一人だった。

そして、フローラも、母親が死んだ後に、ライリーにたらし込まれた一人なのさ。インドにいた頃から、二人は男女の関係にあり、しかも、婚姻関係にあったと思って間違いない」

「な、何ですって⁉」

H・Mの言葉に、ホレスとマスターズ警部が同時に叫んだ。

御大はメガネの後ろから、ゼック夫人を冷ややかな目で見た。蒼白な顔をした彼女の目には怯えの色が浮かび、かろうじて、夫の袖につかまって立っているという状態だった。

「ライリーとフローラ。五十代と十代と年は離れていたが――いいや、フローラが若すぎたからこそ、簡単にライリーのような男に陥落してしまったのだ。異国の地にいて、しかも、実の母親を亡くした後だったから、フローラとしても寂しく、心細く、彼に頼るしかなかったのだ。だから、あっさりと彼の女になってしまった。その点では、わしも、この女に同情せんこともない」

「証拠は、あるんですか」

と、ホレスは強く尋ねた。

「今、わしの秘書のロリポップがインドのイギリス大使館に問い合わせを行なっている。いずれ、二人が結婚している証拠が出てくるだろう。つまり、ゼック医師と結婚したフローラは、その時点で、重婚の罪を犯したわけだ」

「それが本当だとして、どうして、フローラは、ライリーを殺すことにしたんです？」

と、ホレスは彼女を見やりながら尋ねた。

「ライリーのような年寄りの穀潰しといるより、将来性のある医者と結婚する方が得だと考えたからだよ。フローラは、ライリーが邪魔になったから殺したのだ。すでに結婚していることを他人に知られないよう、彼の口を封じたわけさ」

「ライリーは、フローラの心変わりを知っていたのでしょうか」

「事件の起きる少し前から、ライリーは、ある伯爵の未亡人と関係を持っていた。結婚を匂わせながら、うまく相手の肉体をむさぼっておった。もちろん、彼にしてみれば、結婚などできるはずがなく、適当な時期に、その未亡人とは別れる予定だった。

つまり、フローラとはひそかな夫婦関係を続け、しかも、いろいろな女に手を出す気でいたのだ。少なくとも、ゲディングズ家で気軽な居候ができる間は、フローラと別れるつもりはまったくなかった」

「ゲディングズさんが、孫娘とライリーの結婚に気づいたのはいつですか」

と、ホレスは萎びた老人へ顔を向けた。

「たぶん、前々から気づいておっただろう。だから、ライリーをいつも追い出そうとしておったのだ。そして、早く娘を、もっと堅実な男の所に片付けようとしていたのだ。

事件の起きる前のことだが、ゲディングズさんはライリーを、『お前たちの結婚が成立するはずがない！』とか、『お前たちの結婚など無効だ！』とか、激しくなじっていた。最初の言葉は、ライリーと伯爵未亡人のことであり、後者は、孫娘とライリーのことだろう。

『フローラと結婚しているライリーが、伯爵未亡人と結婚できるわけがない』という意味なのさ」

「ゼック医師は、どうして、フローラの殺人を隠そうとしたのですか」

H・Mは肩をすくめた。

「惚れたからだ。結婚話が出て、一目会っただけで、彼は美しいフローラの魅力にまいったのだろう。若くて綺麗な娘に愛を囁かれ、我を忘れるほど夢中になったに違いない。

フローラがライリーとの関係を告白したのか、ゼック医師が自分でそれを察したのか、それはわしにも解らん。だが、彼女がライリーを殺した時、何もかも承知して、彼女の犯罪を自分の手で揉み消すことにしたのだよ。その意味では、このジェイムズ・ゼックという医師も、フローラという魔女の妖術に操られた、可哀想な男だったのだ——」

11　密室殺人を解き明かす

舞踏室の広い空間が、深閑と静まり返った。外では少し風が出てきたらしく、ガラスの割れた窓から、冷たい空気が少しずつ流れ込んでいた。

H・Mは重々しい口調で、ゼック夫婦に尋ねた。

「――どうだね、お主たち。わしのここまでの推理について、何か言うことがあるかね。間違っている点があったら、ぜひ指摘してもらいたいものだ」

フローラと夫は、素早く目を見交わした。その表情に、怯えと恐怖と憎悪と敵意があるのを、ホレスは見逃さなかった。

答えたのは、ゼック医師だった。

「な、何もかも間違っている。私たちは、互いに深く愛し合っているが、それ以外の話は全部でたらめですぞ、メリヴェール卿。私たちは、けっして、犯罪者などではない！」

H・Mは目を細め、太鼓腹を片手で撫でながら言い返した。

「ならば、昨日、この部屋で起きた殺人の件はどうだね。その真相を暴けば、はっきりと、お主たちの共犯が確かめられるだろう」

「ゼック医師も、あの殺人に荷担《かたん》していたんですか！」

ホレスは、また驚いて尋ねた。

「当たり前だ。わが悪戯っ子よ。この二人は、一蓮托生《いちれんたくしょう》なのだ」

「しかし、フローラとアリスは、何者かに睡眠薬入りのレモネードを飲ませられていたんですよ」

「そんなのは、フローラが嫌疑を逃れるためにしたことに決まっておる。フローラの当初の計画では、昼前にマルク・ワレムを殺し、自殺に見せかけるつもりだった。別に、この部屋を密室にするつもりはなかった。彼が自責の念に駆られ、短刀を胸に突き刺して自殺した——そういう筋書きを考えていたはずだ」

そう言ってから、H・Mはアリス・ウッドに尋ねた。

「お人形《マイ・ドリィ》ちゃんや。一つ質問がある。昨日、お主は、何故、ホレスを待たずに早くからこの館へ来たんだね。誰に呼ばれたのだ？」

アリスは、おずおずとした態度で答えた。

「それは、そのう……ワレムに呼ばれたからですの。例の件で、降霊会が始まる前に話をしたい。決着を付けておきたいと……」

「つまり、脅迫の材料に用いた写真を買い取れということかな」

「はい……そうだと思いますわ」

「来てみたら、どうした？」

「会えませんでした。フローラが出迎えてくれて、そのまま彼女と二階にいましたから」

満足げに頷いたH・Mは、ふたたびホレスを中心とした一同に説明した。

「そういうことだ。それで、フローラの計画が狂ってしまったのだ。ワレムが勝手にアリスを呼びつけたものだから、予定を変更する必要ができたのだよ。

フローラは仕方なく、レモネードに睡眠薬を混ぜ、これを飲ませてアリスを眠らせた。そして、夫と相談した上で、現場を密室に見せかけ、自分もアリスと一緒に眠りこけたわけだ。そうすれば、事件発生時の自分のアリバイが成立するからだ」

「すると、僕は？」

「ああ、わが悪戯っ子よ。お前はな、都合の良い証人にされたのさ。それも、彼女の計画の一つであり、お前は密室の欺瞞を完成させるための歯車に利用されたのだ。

ついでに言っておくと、キング夫妻と画家のロン・ハワードには、降霊会を中止するという電話がかかってきた。それは、ゼック医師がしたことだ。声を少し変え、自分で自分の名を告げたのだが、そうすれば、警察は誰か他の人間を疑うと解っていたからだ」

「でも、僕もゼック医師も、この部屋の中に誰もいないのを確認しましたよ。鍵は絶対に内側からかかっていましたし、ドアにも窓にも、内側から紙テープが貼ってありました。室内には、ワレムの死体しかなかったんです。あれが自殺ではないとすると、いったいどうやって、フローラやゼック医師は、犯行後に室外へ出たんですか」

と、ホレスは夢中になって尋ねた。

H・Mは唇の端を歪め、微苦笑した。

「お前は、自分が見たものを見たと言っているのではない。見たと思っているものを見たと訴えておるだけだ」

「どう違うのですか」

「まるで違う。実際には見えていなかったものまで、見たと信じているのだ。そういうふうに幻想を信じさせるのが、奇術師のトリックなのだよ。つまり、できあがった密室の中で殺人があったと思わせることが、犯人たちの目論見だった。お前は、その詐術にまんまと引っかかってしまったわけさ」

「解りません。どういうことですか」

ホレスは困惑し、頭をかきむしった。

H・Mはパチンと指を鳴らし、あいているドアをスミス巡査にしめさせた。そして、廊下にいる彼に、大きな声で頼んだ。

「おい、スミス巡査。宝箱の上に乗り、採光窓から室内を覗いてくれ」

「はい――これでいいですか」

「ああ。どうだ。全員の姿が見えるか」

「はい。見えます。ただし、ヘンリー卿の姿は、窓と窓の間にある鏡に映っているだけですが」

「それでいいんだ――ちょっと待っていろ」

そう言うと、Ｈ・Ｍはあいている窓の方へ行き、二枚のガラス扉をピッタリとしめた。それから、つまみを回して鍵をしめ、用意してあった紙テープをその上に貼り付けた。

「よし。スミス巡査。急いで庭の方へ回ってくれ」

大声で命じたＨ・Ｍは、丸テーブルの方へ戻った。そして、ホレスに声をかけた。

「どうだね、悪戯っ子よ。ドアには紙テープがないし、窓ガラスは割れているが、それを別にすれば、あの時の状況どおりだろう？」

「ええ、そうです」

「一応、それらも、ちゃんとしていると考えてくれ」

「解りました」

「そして、さっき採光窓から中を覗いたのが、スミス巡査ではなく、お前だ。室内はほとんど全部見えたな？」

「見えました。鏡に映っている光景も確認しましたから、部屋の中に誰一人としていないのはちゃんと解りました。それに、僕とゼック医師は、庭の方へ回って、窓からも中を確認したんです。御覧のとおり、ここには、どこにも犯人の隠れる場所なんてないんです」

と、ホレスは言ったが、自信がなくて弱々しい声だった。

「窓からどう見えるか、それも、スミス巡査の手を借りて実験しよう。だが、準備ができる前に、何故、ゼック夫妻がワレムを殺したのか、その動機を説明しよう」

「ええ」

H・Mは、全員の顔を見回しながら、

「たぶんワレムは、アリス・ウッドを脅したように、ゼック夫妻をも脅迫したのだ。フローラとライリーの結婚のことを嗅ぎつけ、ゼック医師との重婚のことを知り、十年前の事件の真相に気づいたに違いない。わしが気づいたようにな。

それをネタに、ワレムはゼック夫妻に金を要求したのだろう。だが、フローラの方が上手《うわて》だった。ワレムの言いなりになる振りをして、彼を殺すことにしたのだ。そのために、呪いの短剣を使って、彼を刺し殺したのだよ」

「確証はありますか」

「今ここにはおらんが、メイドの一人が、フローラとワレムの口論を聞いている。ワレムが彼女に向かって、『あの男と結婚できるはずがないだろう』と毒づいていたという。

フローラはそれを、アリスとお前のことだと言い繕《つくろ》ったが、まったくの嘘だった。それは、フローラとゼック医師のことを指していたのだ。何故なら、あの当時、フローラはライリーと結婚していたからだ」

H・Mがそう言った時、ガラスの割れた窓の方から、スミス巡査の声がした。

「ヘンリー卿、準備ができました！」

「よし。窓から中を覗いてくれ」

H・Mが命令すると、ホレスがやったように、基礎部分の足場と窓の下の出っ張りを利用して外壁にしがみついたスミス巡査が、顔を見せた。彼は割れていない方の窓ガラスに額を押しつけ、中をジロジロと見やった。

H・Mは、悪戯な目で、マスターズ警部の方を見た。

「おい、マスターズ。すまないが、その窓ともう一つの窓の間に寝そべってくれ。ちょうど、鏡の下に体を置くようにだ。壁にピッタリと体を密着させてだぞ」

「えっ、私がですか――」

と、マスターズ警部は情けない顔で言い、もちろん、拒絶できないことは解っていたので、渋々、それに従った。彼が床の端に寝そべると、H・Mは外に向かって尋ねた。

「――どうだ、スミス巡査。マスターズ警部の姿は見えるか」

「いいえ、ヘンリー卿。見えません。ここからだと無理です。死角になっていますから」

「よし。それでいい。御苦労。戻っていいぞ」

H・Mは若い警察官をねぎらい、マスターズ警部の手を引っ張って立たせた。それから、またホレスの方を向き、

「どうだね、わが悪戯っ子よ。スミス巡査の言葉に間違いはなかろう?」

と、自信満々に尋ねた。

「え、ええ。そうですね。僕があそこから覗いた時にも、部屋の南の端はあまり目に入りませんでした――」

大きく頷いたH・Mは、一同の顔を見回した。

「つまり、ゼック医師がホレスに、事件の発生を告げた時には、室内にまだフローラがいたのだ。彼女は内側からドアと窓に鍵をかけ、紙テープを隙間に貼り、自らを死体と共に閉じ込めたわけだ。これが、密室奇術の第一段階だよ」

「で、でも、彼女はいなかったんです……」

と、ホレスが小声で指摘した。

「ゲディングズさんの言うとおり、犯人が幽霊や亡霊ならば、何の問題もなかろう。透明な体で壁や天井を擦り抜け、外へ抜け出ることができるかもしれん。しかし、フローラは普通の人間だ。今度は、ここから脱出する必要がある。

彼女は何をしたか。実は、窓の一つは、完全には密封されていなかったのだ。つまみは縦になっていて、鍵はかかっていなかった。紙テープを貼った後、そっと片側の窓を押し開けたのだ。そして、窓から部屋の外へ出た。ホレスやスミス巡査がやったように、窓枠の下の出っ張りに手をかけ、外壁の基礎の少し突き出た所に爪先をのせて、体をうまく保持する。そして、窓はしめてしまうのだ。

この状態の時に、ホレスがドアの上にある採光窓から室内を覗いた。もちろん、室内には誰もいない。窓を見ても、それが施錠されていないなどとは解るはずがない。紙テープといっても厚手の紙を切ったものなので、正面から見たら、木枠に密着しているか、少し浮いているか、解るはずがないんだ。また、つまみが縦の位置か横の位置か、それも紙テープに隠れて見えないのだ。

もちろん、フローラは首をすくめているから、窓ガラス越しに顔を見られることもない。

足を地面に下ろさないから、庭の土面に足跡も付かなかった。

次に、ゼック医師とホレスが外へ出ようとする。その声を聞いて、フローラは窓をあけて室内に戻る。今度はちゃんと鍵をかけて、紙テープをしっかり貼り付ける。

二人の男性が窓の外に来たら、今、マスターズがやったように、窓側の壁の下に身を隠すんだ。これなら、死角になって、ホレスに気づかれることはない。このやたらと広い部屋に、丸テーブルと椅子以外の家具がなかったことも、彼の心理を誘導する手立てとなっている。隠れる場所のない所に、人が隠れているはずがないと、わが悪戯っ子は、頭から信じてしまった」

「待ってください。すると、ゼック医師が、窓から中へ入ったのは――」

「そうだ。お前を先に窓から中へ入れるわけにはいかなかった。何しろ、そこにはフローラが隠れていたのだからな」

「じゃあ、廊下のドアを彼があけてくれた時には？」

「ああ、もうフローラが、廊下のドアから他の部屋へ逃げた後だったのさ。お前は、外を回って館内に戻ってきた。その間、いったいどのくらいの時間を必要としたんだ？

いいや。彼らには、そうたくさんの時間は必要なかった。ゼック医師はワレムの様子など見ず、すぐにフローラと一緒にドアの紙テープを剝がし、鍵をはずした。フローラを外に出すと、もう一度鍵をかけ、少しだけ紙テープを元に戻した。糊はまだ半乾きだったから、それは容易だった。

お前が廊下を駆けてくる音が聞こえたら、わざとらしく紙テープを剝がし、鍵をまた回す。ゼック医師がやったのは、そういうことだ。そして、お前があいたドアから中に入り、室内を点検している間に、フローラは自分の寝室へ行く。睡眠薬入りのレモネードを飲んで、床に寝そべったわけさ。

ライリーを殺したナイフ投げも、窓の外にしがみ付くような軽業も、インドにいた頃に覚えたものだろう。フローラは、母親と一緒にサーカスで働いていたことがあるというから、団員の助手でもやって身に付けた技に違いないな」

「何ということだ——」

ホレスは怒りをたたえた目で、フローラとゼック医師を見た。他の皆も、非難するように、彼らの方に視線を集めた。

「嘘だわ！」

フローラは叫び、血走った目で、H・Mを挑戦的に見返した。ゼック医師はその横で、絶望的な表情で顔を俯かせた。

「嘘よ！　嘘だわ！　ヘンリー卿は、でたらめを言っているのよ。わたくしは、ライリーやワレムを殺したりなんかしないわ！　だいいち、証拠なんかないじゃないの！　わたくしに、嫌疑をかけるなんて、絶対に無理なのよ！」

と、フローラは顔を醜く歪め、悲鳴混じりに喚いた。

「そうでもない」と、H・Mは落ち着き払った声で言った。「さっきも言ったが、わしは、インドの方に調査願いを出している。いずれ、お主とマイケル・ライリーの結婚を証明する書類などが見つかるだろう。

レモネードを作ったのもお主だし、睡眠薬を簡単に持ち出せるのも、お主とお主の夫だ。紙テープに塗る糊の缶でも、お主たちは失敗をしておる。缶と刷毛は宝箱にしまわず、室内に置いておけば良かったのだ。そのため、ワレムの自殺でないことが明らかになってしまった。

警察はもう、お主たちが用いた奇術のトリックを知った。要するに、調べる場所が解ったということだ。そこを重点的に調査すれば、いずれ、確固たる証拠が出てくるだろう。そういうことだから、もう年貢《ねんぐ》の納め時なのさ」

「何よ！　あんたなんか、太っちょの、単なる年寄り《オールド・マン》じゃないの！　知ったかぶりをして！　ふざけないでよ！」

フローラは鬼気迫る様子で目を吊り上げ、H・Mを激しく罵った。

「確かに、わしは年寄りの老いぼれだ。だが、老いぼれでも、まだまだ頭の回転は落ちておらんぞ。年寄りの経験と洞察力をもってすれば、お主らの浅知恵などは取るに足らんのだ」

すると、突然、フローラが悲鳴を上げ、夫を突き飛ばした。ゼック医師はよろけて、目の前にいたマスターズ警部に抱きつく格好になった。その隙に、フローラは彼らの横をすり抜け、丸テーブルの前まで駆け寄った。

「馬鹿なことはよすんだ、ゼック夫人！」

H・Mが叱るように怒鳴った。

「いいえ、やめないわ！　わたくしは、あなたたちなんかに捕まらない。捕まるくらいなら、死んでやるわ！」

ホレスの心臓が締め付けられた。いつの間にか、フローラの手の中に、魔女発見人の短剣があったからだ。ライリーやワレムを殺した本物の短剣ではなく、誠実な魔女発見人が使ったものの方だった。刃の途中がコの字形に曲がっているものである。

フローラは短剣の柄をきつく握り、刃の先を自分の首の根本に押しつけた。

「近寄らないで！　死んでやる！」

彼女は血走った目で、ヒステリックに叫んだ。

Ｈ・Ｍは、厳しい口調で彼女に忠告した。

「お主も知っているとおり、その短剣は偽物だ。確かに少しくらいは刺さるが、自分の体をいささか傷つける程度で、命を奪うことなどはできないぞ」

「そうかしら。だったら、これはどう！」

彼女は叫び、いきなり、短剣の先を自分の目に突き刺したのである。

「やめろ！」

マスターズ警部が鋭い声で制止したが、彼女の急激な行動を阻止できなかった。フローラの苦痛に満ちた悲鳴が響き渡り、一同も恐怖から生じた叫び声を上げ、驚愕に目を見開いた。

フローラの顔から鮮血が飛び散った。彼女はよろめきながら丸テーブルにぶつかり、もんどり打って椅子を倒し、床に崩れ落ちた。

形相を変えたマスターズ警部が急いで彼女の側に駆け寄り、大声で、部下に救急車を呼ぶように命じた。ゼック医師も狂ったようにフローラの名を呼び、妻を助けようとして必死に抱きかかえた。二人の手や衣服は、すぐに、フローラの毒々しい血で真っ赤に染まったのだった……。

＊＊＊

……こうして、フローラ・ゼックは命を落とした。

だが、即死ではなかった。彼女は三日三晩、傷の痛みによって、死ぬ以上の苦しみを味わい、悶絶し、H・Mに対する呪詛《じゅそ》の言葉を吐きながら、ようやくこの世を去ったのだった。

「――まあ、仕方があるまいな」

彼女の訃報を、H・Mがマスターズから聞いたのは、ホワイトホールの自室でだった。御大は目を瞑り、冷徹な表情で淡々と言った。

「フローラ・ゼックは、次々に男をたぶらかしては堕落させる、まさに魔女のような女だった。魔女発見人の短剣が彼女の命を奪ったのだから、魔女の死に様としては、これほど相応《ふさわ》しいものはないだろう――」

【参考文献】

『オカルトの事典』フレッド・ゲディングズ　松田幸雄訳　青土社　一九九三年刊

カーは不可能犯罪ものの巨匠だ！

1

ジョン・ディクスン・カーの『三つの棺』の新訳が、ハヤカワ文庫から出ることになった。そのことに関連して、まずは、思い出話や自慢めいたことを述べるがお許しいただきたい。

高校生の頃、私は英米推理小説を熱心に読んでいた。ちょうど、横溝正史ブームがあった頃である。エラリー・クイーンやアガサ・クリスティーの主立ったものを読んだ後に、江戸川乱歩の『幻影城』などの評論によって、カーという作家を知った。何でも、密室殺人に代表される不可能犯罪ばかり書いている作家だというではないか。

不可能犯罪は大好物。私はさっそくこの作家の作品も読み始めたが、その頃は、カーの翻訳本の大半は絶版か品切れ状態。早川書房のハヤカワ・ミステリ文庫も創刊前で、創元推理文庫から出ている数冊は、『盲目の理髪師』のようにあまり面白くないものか、『帽子収拾狂事件』のようなマニアックなものばかりだった。

ただ少し前に、早川書房のポケミス（ハヤカワ・ポケット・ミステリー）で、カーの代表作である『三つの棺』と『ユダの窓』（カーター・ディクスン名義）の二作が新訳で出ていた。読んでみたらずば抜けた傑作で、確かに英米本格の路標的作品と言えるものだった。ただし、三田村裕訳『三つの棺』の訳文で腑に落ちないところがあった。

冒頭の所に、犯人の手掛かりを与えると共に、読者をミスリードする叙述的な言い回しがある（それは英語特有の表現方法で、日本人だと少し違った言い方をする。翻訳するには非常に気を使うところだ）。結末の推理部分には、そこと呼応して、名探偵のフェル博士が解説する場面があるが、整合が取れておらず、正しく訳されていないように思えた。

念のため、私は、ポケミスの旧訳、村崎敏郎訳『三つの棺』も探して読んでみた。すると、こちらは問題がなかった。

さらに、三省堂書店で『三つの棺』のハードカバー原書を取り寄せてもらい、その箇所を確認した。私の推測どおり、旧訳は正しくて、新訳に勘違いがありそうだと解った。

そこで、私は早川書房に手紙を書いて（原本のその箇所のコピーも付けて）、この誤訳を知らせ、念のため、電話もして話をした。担当編集者は「解りました。

後日、重版が出たら修正します」と言ってくれたので、安心したが、いくら待っても修正版は出なかった。それどころか、ミステリ文庫版『三つの棺』が出たら、誤訳のままになっていたので、私は非常にがっかりした（当時はまだ、叙述トリックに関する理解度や注目度が低かったということもあっただろう）。

私は、早川書房宛に懲りずに手紙を書き、この誤訳の修正を求めた。その時も、「いずれ直します」との返事をもらったが、重版が出てもやはり修正されない。その内に私は作家になったので、カーについてのエッセイを書く時にはなるべくこの件に触れ、また、パーティーなどで会った早川書房の編集さんにも、問題点を告げたり、メールを出したりした。さらに、パソコン通信やインターネットでも、なるべくこの件について書き込んでいた。

後で解ったが、誤訳がなかなか直らなかったのは、カーの作品がクリスティーやクイーンほど頻繁に重版が出るものではなかったからだ。重版が出る前に担当編集者が代わってしまい、引き継ぎがうまく行かずに、この件がずっと残ってしまったわけである。

作家としてデビューした時、私は自分の作品を書くことに以外に、ある決意を持っていた。それは、カーの未訳長編の四作『悪魔のひじの家』『仮面劇場の殺人』『月明かりの闇』『ヴードゥーの悪魔』を、どこかの出版社が翻訳してくれるよう働きかけようということと、『三つの棺』の誤訳を修正してもらえるよう、頑張って話題にしようというものだった。

幸い、未訳に関しては、原書房と森英俊さん（注：ミステリー蒐集家、研究家、翻訳家）という最良の理解者・応援者が現われ、無事にすべて翻訳が出ることになった。もちろん、新本格推理ブームのおかげで、読者の支持が得られたことも大きかった。

『三つの棺』に関しても、早川書房の編集さんと何度かやり取りした結果、とうとう十七刷りで修正がなされた。三田村裕訳のポケミス版が出たのが一九七六年で、誤訳修正が二〇〇五年だから、何と二十九年もかかってしまったのだが！

2

ところで、カーをこれから読むというカー初心者は、カーのどの作品から読んだら良いだろうか。それに、どの作品が傑作なのかも気になるところだろう。

クリスティーやクイーンの場合、ファン投票を行なったら、上位に挙がってくる作品はだいたい決まっている。しかし、カーの場合にはものすごく偏差が大きく、多数の作品の名前が挙がるだろう（昔、パソコン通信時代、ニフティーサーブのフォーラム「カーの密室」でこれをやったら、半数以上の作品名が挙がった）。

何故かと言うと、カーの作品は完全にトリック重視なので、読者がそのトリックに驚くかどうか、感心するかどうかが、評価に直結するからである。

とりあえず、以下に高評価の作品を挙げておくが、まあ、このS級とA級から読んでおけば間違いはない。カーには、カーター・ディクスンという別名で発表した作品もあるので、それは題名下に〈CD〉と記した。

念のために書くと、ディクスン・カー名義の多くの作品に出てくる名探偵はギディオン・フェル博士で、カーター・ディクスン名義の作品に出てくる名探偵はヘンリー・メリヴェール卿である。

◉S級（古典的名作で、クイーンで言えば『Xの悲劇』や『Yの悲劇』に相当）

『三つの棺』

『黒死荘の殺人』 CD

『ユダの窓』CD
『火刑法廷』

◉A級（傑作。人によっては、S級の評価）
『夜歩く』
『白い准僧院の殺人』CD
『赤後家の殺人』CD
『孔雀の羽根の殺人』CD
『曲がった蝶番』
『連続殺人事件』
『緑のカプセルの謎』

◉B級（佳作。人によっては、A級の評価）
『髑髏城』
『帽子収集狂事件』
『皇帝のかぎ煙草入れ』

『貴婦人として死す』CD
『囁く影』
『ビロードの悪魔』

『三つの棺』は、本格推理小説史上、不可能犯罪トリックを扱った作品の最高峰である。意外な犯人、密室殺人、足跡のない殺人、アリバイ、これらが有機的に結びつき、まったく無駄のないプロットを形作っている。しかも、〈密室講義〉というトリックの分類まで披露して、後人に大きな影響を与えた。

『ユダの窓』は、カーの中ではかなり写実的な作品で、人間関係や犯行動機が生々しい。法廷ものとしても面白いし、何より、密室トリックの着眼点が凄すぎる。

『黒死荘の殺人』は、奇怪な雰囲気と陰惨な密室殺人と技巧的なトリックが見事に融合した作品だ。伝奇的な昔話によって、凶器に関する無理な部分が綺麗に誤魔化されている。

『火刑法廷』は、ここ何年間かで、一番評価が高くなった作品。怪奇と合理のせめぎ合いがスリリングで、しかも、手品趣味の密室トリックが鮮やかに決まって

いる。奇跡的な内容の作品とはこのこと。(注1)

次にA級作品。これらの作品のどれを取っても創意工夫があって、惚れ惚れするような内容になっている。『孔雀の羽根の殺人』は、読者の目の前で密室殺人を起こすという、圧巻の離れ業を見せてくれる。『曲がった蝶番』は、途中の、何が起きているか解らないという無気味さが独特であり、結末では怪奇性が一気に爆発する。

念のために述べておくが、その他の作品がつまらないわけではない。カーの魅力にはまると、これら以外の中に偏愛できる作品がゴロゴロ出てくるだろう。たとえば、『帽子収集狂事件』『死時計』『死者はよみがえる』『アラビアンナイトの殺人』のように、非常にマニアックで凝りすぎの作品もある。正直、読み所や、優れた箇所を丹念に解説しないと、その良さは解らないかもしれない。『アラビアンナイトの殺人』などは、日本の小説で言うと、芥川龍之介の有名な短編のような作品で、泡坂妻夫の某長編がこの趣向をなぞっているくらいだ。(注2)

『殺人者と恐喝者』の場合、事件もさることながら、名探偵・ヘンリー・メリヴェール卿の自伝が語られ、子供時代のとんでもない活躍が楽しい。『連続殺人事件』『爬虫類館の殺人』『魔女が笑う夜』などのドタバタ劇だって、腹をかかえて大笑いだ。

他にも、密室ものに見えて、実は死体移動ものだったというもの。名前の言及はあるのに、実際の犯人が最後まで出てこないもの。途中で、読者の間違い推理を何度も指摘してくれるもの。推理と超能力との闘いにワクワクさせてくれるもの（読者への挑戦付き）。『一角獣の殺人』では、探偵と怪盗が何重にも変装と変名で仮面を被っている。したがって、誰が誰だか信用がおけない——。

このように、どの作品にも読み所、見所、趣向がたっぷりあるのが、カーの作品なのである。

なお、これも強調しておいた方がいいが、カーは基本的にフーダニットの作家である。犯人捜しが根幹にあって、そこに特上の不可能犯罪がプラスされている。『蝋人形館の殺人』『毒のたわむれ』『ハイチムニー荘の醜聞』などのように、不可能犯罪が薄い作品を読むと、カーがいかに犯人の隠し方やミスリードの仕方が上手いか、ひしひしと実感できるだろう。

カーの意外な犯人ベスト5

❶『三つの棺』類例のない犯人

❷『死時計』フィリップ・マクドナルドの某長編に挑戦したもの
❸『貴婦人として死す』クリスティーのあるアンフェアな手法に抗議する意味あり
❹『帽子収集狂事件』トリックによって、犯人は読者の意識外にある
❺『殺人者と恐喝者』図式の仕掛けが天晴れ

3

ところで、カーは密室殺人ばかりを書いた作家だとよく言われる。江戸川乱歩の推薦文、中島河太郎による解説、松田道弘氏のエッセイなどで、しばしばそう言われてきた。中には、全部の作品が密室殺人ものであると述べている文章もあった。

だが、はたして、これは事実だろうか。

そこで、カーの生涯の長編七十一作（ロジャー・フェアベーン名義の歴史小説、中編『第三の銃弾』を含まない）の中に、密室殺人を扱ったものがどれだけあるか、実際に数えてみよう。

最初は、〈完全なる密室もの〉〈鍵のかかった部屋もの〉を見てみる。すべての出入口が、施錠その他の理由で通過できない状態になっている。

完全なる密室殺人もの

❶『夜歩く』
❷『弓弦城殺人事件』
❸『黒死荘の殺人』
❹『三つの棺』密室及び足跡のない殺人
❺『赤後家の殺人』
❻『孔雀の羽根の殺人』他に死体の隠し場所
❼『火刑法廷』密室状態の墓の中からの死体消失と、家屋内での人間消失
❽『ユダの窓』
❾『連続殺人事件』密室殺人は二つ
❿『死が二人をわかつまで』
⓫『爬虫類館の殺人』
⓬『囁く影』（塔上の殺人だが、室内でも可能なトリック）

⑬『魔女が笑う夜』
⑭『騎士の盃』
⑮『死者のノック』
⑯『悪魔のひじの家』不完全な密室二つで、完全な密室に見える工夫あり
⑰『死の館の謎』
⑱『血に飢えた悪鬼』
⑲『エレヴェーター殺人事件』ジョン・ロードとの共作

以上のように、ジョン・ロード（英国作家）との共作を含めて十九冊もの作品に、完全な密室殺人が出てくる。
次に、広義の密室もの――〈准密室〉もしくは単に〈不可能犯罪もの〉と呼ぶべきもの――は、次のとおり。

准密室もの。衆人監視状態の殺人や消失、転落、不可解な現象などの不可能犯罪

❶『絞首台の謎』衆人環視での不可解な事件と、反則技的密室
❷『一角獣の殺人』衆人監視状態での不可解な死

❸『曲がった蝶番』衆人監視状態での不可解な死
❹『読者よ欺かるるなかれ』衆人監視状態での不可解な死
❺『震えない男』衆人監視状態での不可解な死
❻『殺人者と恐喝者』衆人監視状態での物品の消失
❼『青銅ランプの呪』衆人監視状態での人間消失
❽『眠れるスフィンクス』密室状態の墓の中の棺荒らし
❾『時計の中の骸骨』衆人監視状態での謎の転落死
❿『墓場貸します』衆人監視状態での人間消失
⓫『赤い鎧戸のかげに』衆人監視状態での人間消失
⓬『バトラー弁護に立つ』限りなく密室に近い殺人
⓭『火よ燃えろ！』衆人監視状態での不可解な死
⓮『雷鳴の中でも』衆人監視状態での謎の転落死
⓯『仮面劇場の殺人』衆人監視状態での不可解な死
⓰『ヴードゥーの悪魔』走行中の馬車からの消失。衆人環視状態での落下死
⓱『亡霊たちの真昼』列車内での消失と、衆人監視状態での不可解な死

……というわけで、これが十七冊。

なお、『亡霊たちの真昼』では、走行中の自動車内での殺人という不可能犯罪が出てくる。車内には運転者しかいないのに、車が止まった時、彼が殺されているることが解る。こういうものも密室として数えることもできるが、ここでは厳格に分けた。

また、准密室に属するけれども、より不可解な謎が提示される〈犯人の足跡のない殺人〉は次のとおり。

足跡のない殺人

『三つの棺』（カリオストロ街の謎の他、最初の密室の周囲（屋外）にも犯人の足跡がない）

『黒死荘の殺人』（密室の周囲に犯人の足跡がない）

❶『白い准僧院の殺人』

❷『テニスコートの殺人』サーカス・テントからの犯人消失もあり

❸『貴婦人として死す』

❹『引き潮の魔女』

❺『月明かりの闇』二つ足跡事件があるが、過去のものはたいしたものではない

……というわけで、これが五冊。すると、十九＋十七＋五＝四十一冊となる。

何と、全長編七十一冊中、半分以上の四十一冊が密室殺人を代表とする不可能犯罪を扱っているのである。しかも、『帽子収集狂事件』『死者はよみがえる』『死時計』『緑のカプセルの謎』『九人と死人で十人だ』なども、充分に広義の密室と言える設定と謎が繰り広げられる。また、『ニューゲイトの花嫁』のように、死体発見現場の部屋が消失したという謎まで含めれば、やはり、カーの作品の大半が不可能犯罪ものであると言っても間違いではない。

余談だが、カー以外の作家では、長編で〈足跡のない殺人〉を扱ったものは少ない。少なくとも、ヴァン・ダイン、クリスティー、クイーンなどの大御所は、この難物には手を染めていない。パッと思い浮かぶのは、ハーバート・ブリーン『ワイルダー一家の失踪』、ヘイク・タルボット『魔の淵』、ノーマン・ベロウ『魔王の足跡』くらいである。しかし、それらの作品も、カーの『白い准僧院の殺人』や『貴婦人として死す』などの堂々たる足跡トリックと比べると、はるかに劣っている。中には単なる誤魔化しとしか思えないものもある。

推理作家というものは、トリックや論理の使い方に癖が出るものだ。得意の発想方法や書き方があると言っても良いだろう。しかし、カーの密室トリックは、実に多彩である。

たとえば、足跡もので比較すると、『白い准僧院の殺人』は物理的トリック、『貴婦人として死す』は、物理的トリックと心理的トリックの結合、『引き潮の魔女』は心理的トリックと、多様な技術が使われている。

というわけで、以上の検証によっても明らかなように、やはり、カーは不可能犯罪ものの巨匠なのである。

〔注1〕『火刑法廷』は、二〇一一年にハヤカワ文庫から新訳が出た。文字が大きく、読みやすい翻訳になったが、一ヵ所だけ気になった。三七四ページから三七五ページの所で、「いま、わたしたちの仲間はたくさんいるにちがいない」という文章があるが、これは誤解を生みやすい。旧版では、「わたしたちも今は仲間をうんとふやさなけりゃならないんだから」となっていて、前後の文脈からすると、こちらの方が妥当ではないかと思う。

〔注2〕フェル博士もので、イギリスが舞台の『アラビアンナイトの殺人』は、プロローグとエピ

ローグを別にすると、三幕からできあがっている。それぞれ、アイルランド人の警察官、イングランド人の警察官、スコットランド人の警察官の目から事件が語られる。

以前、スコットランド出身の宣教師と知り合いになり、訊いてみたところ、この三地方の人間は別の人種だと思った方が良いと言われた。つまり、カーは、事件だけではなく、三地方の人間の気質や思考方法や言葉遣いの違いをこの作品の中で描いてもいるのだ。しかし、翻訳でそこまで表現するのも、読者が読み解くのも難しい。

『パンチとジュディ』について

「カーって面白いの？」

この本を手に取って、そう思ったあなた。

そんなあなたにこそ、この小説を読んでもらいたい！

ちょっと長い前書き

カーター・ディクスン（ジョン・ディクスン・カー）のわが国での受容史を眺めると、カーは常に熱心な支持者に恵まれてきた。

翻訳は戦前に早々とあったし（処女作の『夜歩く』が刊行同年に訳されていて、代表作の『三つの棺』も早い段階で抄訳が出ている）、何と言っても、第二次世界大戦後すぐに、江戸川乱歩や横溝正史、評論家の井上良夫らが大々的にこの作家を取り上げ、宣伝した功績は大きかった。彼らはカーの小説の面白さを何とか日本人に伝えようと、機会あるごとに原書を読んでは、あらすじやその特色を紹介している。

その後も、高木彬光や鮎川哲也を始め、著名な推理小説作家たちが、カーをよく愛読していることを表明してきた。というより、本格推理を語る時に欠かせない作家が、謎解きの論理性に主眼を置いたエラリー・クイーンと、結末の意外性をトリックによって構成していたカーだったのである。

対談型の評論で熱くカーの全体像をまとめた乱歩の「カー問答」（一九五〇）に端を発して、カーの翻訳が早川書房のポケット・ミステリ（ポケミス）を中心にたくさん出た。しかし、世の中はスパイ小説や犯罪小説がブームになっていき、一時はカーに限らず、本格推理小説の訳出が極端に減ってしまった（邦人作家の方は、社会派ブームのために執筆内容を制限された）。

しかし、一九七七年に、奇術本の著者である松田道弘の「新・カー問答」が書かれ、カー再評価の動きが起きた。その松田道弘と、評論家として優れた眼力を持っていた瀬戸川猛資が「新々・カー問答」という対談を行ない、それ以降現在に至るまで、カーについての論評は大小絶えたことがない。早川書房の「ミステリマガジン」も、カーの特集をこれまでに二度三度と組み、有意義な考察を行なってきた。

最近で言えば、山口雅也氏や芦辺拓氏を筆頭に（もちろん、私もだ！）、多くの新本格推理作家がカーを愛読し、カーから強い影響を受けていることを公言している。私と芦辺拓氏は「地上最大のカー問答」という対談を行ない、総括的な論評を試みてみた。これは今、私の『名探偵の肖像』（講談社文庫）という著書に収録されている。

新本格推理作家が、クイーンと同様にカーについてもたくさん言及したおかげで、カーの翻訳事情にも変化が生じた。国書刊行会の〈世界探偵小説全集〉で『一角獣殺人事件』（注：文庫化の時に『一角獣の殺人』と改題）や『死が二人をわかつまで』などの新訳が出た上、時代の風潮の狭間に落ち込み、未訳のまま残されていた『仮面劇場の殺人』や『月明かりの闇』や『ヴードゥーの悪魔』（以上、原書房）、『悪魔のひじの家』や『かくして殺人へ』（以上、新樹社）が、ついに単行本で訳出されたのである。

早川のミステリ文庫でも、『第三の銃弾』の完全版の翻訳、『喉切り隊長』の改版や『読者よ欺かるるなかれ』の文庫化、そして、『パンチとジュディ』や『剣の八』の新訳刊行と、着実に貢献ポイントを増やしつつある。

こうした機運には、英米本格推理小説の研究家である森英俊氏の尽力も忘れることはできない。氏は、『ジョン・ディクスン・カー〈奇跡を解く男〉』という大部の評伝まで訳出してくれた。

当然、これらの本が、本格推理小説愛好家の長年の渇を癒した（癒している）

のは言うまでもない。

それから、カーのファンは、プロ作家だけではなく、アマチュア（市井の本格推理小説ファン）にも多い。彼らはカーに関する同人誌を発行したり、インターネットで個人サイトを公開するなど、精力的な活動を続けている。もしも、この世に、作家論なり読書感想なりの熱心度や熱中度を知るための計測器があるとしよう。それで計れば、カーについては、針が振り切れるほどの数値が示されるはずだ。

にもかかわらず、ほぼ同世代の作家であるアガサ・クリスティーやエラリー・クイーンに比べ、カーは、一般的な読者数においては完全に負けている。実際、本屋の本棚にも、前者二人の本はよく並んでいるのに、カーの本は品切れであることが多い（そうじゃない。カーは売れすぎていて、どこの本屋でも品切れ状態になっているのだ。そうに決まっている！）

では、一般読者におけるクリスティーやクイーンの人気度と、カーの人気度の違いはどこから生じているのだろう？

その理由ははっきりしている。

評論集『夜明けの睡魔』を記した瀬戸川猛資氏の言葉を借りるとすれば、カーは「大関クラスの作品がずらりと並ぶ。それぞれ独自の魅力を持っている」ということなのだ。つまり、クロフツなら『樽』、ヴァン・ダインなら『グリーン家殺人事件』と『僧正殺人事件』、クリスティーなら『そして誰もいなくなった』や『予告殺人』、クイーンなら『Xの悲劇』と『Yの悲劇』と、それぞれの代表作は明確であり（つまり、傑作と凡作の差が明瞭なのだ）、どこから手を付けたらいいか解りやすい。

けれども、カーの場合には、即座に「これが定番！」とは断定しがたい。というのも、どれもこれもが面白くて、それぞれに独特の趣向があるから、傑作と凡作の区別がつけにくいのだ（カーのマジックに眼が眩《くら》んでいるだけかもしれないが）。そのため、誰かが「カーはこれが傑作」と推薦する作品が大きくばらけてしまうわけである。とすれば、一般読者はたいてい有名な知識人の言を頼りにして読書の道を進むので、カーの作品をどれから読んで良いか解らなくなってしまうのだろう。

今、私は〈一般読者〉と書いた。その対局には、〈マニア〉という立場の者が存在する。私のような〈カー・マニア〉とか、本格推理小説に一家言ある熱烈な愛好者たちのことだ。実は、そうした人々の声の大きさにも、一般読者がカーをつい敬遠してしまう原因があると考えられる。

一般読者は、本格推理作家やミステリー・マニアが口を揃えて、「カーは凄い！」「カーは面白い！」「カーは不可能犯罪の巨匠だ！」「カーこそ、本物の本格推理作家だ！」などと叫ぶものだから、それを聞いて圧倒されてしまう。そして、「カーの小説は難しいんじゃないか」とか「トリックが複雑でよく解らないんじゃないだろうか」とか「どうせ、マニア受けの作品なんだろう」とか、錯覚を覚えるのではないか。

しかし、けっしてそんなことはない。カーの小説は大変奥深いものだけれども、間口は広く、門番の顔つきもとても優しいのだ。

だから私は、そんな一般読者にこそ、この『パンチとジュディ』を読んでみてもらいたいと思っている。

そうすれば、カーがぜんぜん難しくないことが解るはずだろう。カーのミステリーがとても楽しいものだと解るだろう。カーが非常に優れたアイデアを持った作家だということが解るだろう。

そして、この作品に魅力を感じたら、次にあなたはこう思うはずなのだ。

「だったら、カーは他に何が面白いの?」

そう思ったあなた。

次に挙げる作品をどれでもいいから読んでほしい(できれば全部)。そうすれば、あなたもすっかりカーの毒にやられて、カー中毒になってしまうだろう(——と、舌の根も乾かぬうちに脅かしてどうする?)


『夜歩く』　神秘的な事件の謎!

『黒死荘の殺人』　陰惨な事件と意外な犯人!

『三つの棺』　複雑なプロットと最高のトリック!

『ユダの窓』　密室の完璧性と法廷場面のスリリングさ!

『曲がった蝶番』　論理と怪奇の落差!

『火刑法廷』　伝奇性によって装飾された技巧の粋!

『皇帝のかぎ煙草入れ』　心理的トリックの切れ味!

作者について

この本の作者は、〈本格推理小説界の巨匠〉、〈不可能犯罪の王者〉と言われるジョン・ディクスン・カーである。生年は一九〇五年、没年は一九七七年。アメリカ生まれであるが、古き良き時代のイギリスに憧れ、イギリス人女性と結婚し、両国に移り住んだことから、プロフィールには〈英米作家〉と記されることが多い。

デビュー作は一九三〇年刊の『夜歩く』だ。エラリー・クイーンのデビュー作『ローマ帽子の秘密』が刊行されたのは、この前年である。

『夜歩く』は、結末部分を封じた形で英米同時に出版され、たちまち人気を得た。カーの作品の最大の特徴であるオカルト趣味や密室殺人（不可能犯罪興味）が、すでにこの処女作に色濃く見えている。それ以降、カーは生涯を通じて七十冊以上の長編本格推理小説を書き、その卓抜たるトリックの案出力と豊饒な物語性によって、多くのファンを魅了してきた。

カーには、もう一つ、カーター・ディクスンというペンネームがある。この『パンチとジュディ』も、そちらの名義で出た本だ。

彼は二つのペンネームを使って小説を書いたわけだが、作品の内容や傾向に特に差があるわけではない。ただ単に、二つの出版社から本が出ることになり、別の名前を使ったにすぎないのだ(一九三四年刊の『弓弦城の殺人』では、最初、カー・ディクスンというペンネームを用いた。が、再版よりカーター・ディクスンで統一している)。

けれども、そんなことはしない方が良かった。少なくとも、私はそう思う。何故なら、たいていの場合、本屋や図書館は作家の名前で本を並べるからだ。カーは二つのペンネームを使ったせいで、作品が二つの場所にばらけることになってしまった。そのことが、カーの本を一般読者の目から遠ざける一つの要因ともなってきた。たとえば、四冊の本が一ヵ所にまとまっているのと、二冊ずつ別の場所にあるのでは、目立つ度合いがぜんぜん違うからである。

名探偵登場

そう! 名探偵の話をしよう!

ジョン・ディクスン・カー名義では、『夜歩く』を含む最初の四冊で、アンリ・バンコランが難事件を解決する。彼は、フランスはパリの予審判事である。

三作目の『髑髏城』が、怪奇趣味と奇術趣味の旺盛な佳作だ。

『毒のたわむれ』という単発作品を挟み、一九三三年の『妖女の隠れ家』からは、いよいよギデオン・フェル博士が登場する。彼を主人公にしてから数々の傑作が生まれ、読者の評価も一気に増大した。

フェル博士の名前は、イギリスの古い童謡であるマザーグースの一節からから取られていて、容貌は、著名な推理小説作家G・K・チェスタートンをモデルにしている（そうだ）。酒好きで赤ら顔、海賊のような髭を生やし、サンタクロースやガルガンチュアにも例えられるなど、一目見たら忘れられない。体重約百二十五キロという巨体を二本の杖で支えて、犯罪現場をノシノシと歩き回り、ビールをガブガブ飲みながら、名推理を披露する。手がかりを摑んだ時などには、「おお、バッカスよ！」とか「アテネのアルコンよ！」などと突然叫んで、周囲の人を驚かす。

カーター・ディクスン名義で活躍する名探偵のヘンリー・メリヴェール卿も、基本的にはフェル博士と類似したキャラクターである。こちらの容貌は、著名な政治家のチャーチルを念頭に置いて創造されている（らしい）。

彼は体重約九十キロの肥大漢で、一見意地悪そうな顔つきをしており、辛辣な言葉や不平ばかり漏らしているが、実は人が良くて心の優しい人物なのだ。大きな顔は仏陀に似ていると評され、頭部は綺麗に剝げ、鼈甲縁のメガネがいつも、平べったい鼻先にずれ落ちている。彼もフェル博士同様、「エサウの愛のために！」とか「神は愚人を愛す！」などと言って、人を煙に巻くことがある。

英米では、重要なポストにある人物を頭文字で呼ぶ習慣があるので、ヘンリー・メリヴェール卿は、H・Mと略称されるわけだ（『007』映画に出てくるMとかQとかいう名前もそれと同じこと）。というのも、彼は九代目の准男爵であり、陸軍諜報部の長官を務めたこともある大人物だからだ。

『パンチとジュディ』での事件当時も、首相官邸をはじめ主要官庁が揃っているホワイトホールに事務所が置かれていたほどだ。外科医と弁護士の資格も持ち、傑作短編「妖魔の森の家」では前者についての言及があり、裁判ミステリーの路標的名作『ユダの窓』では、法廷において堂々たる弁論を繰り広げる。

フェル博士とH・Mは類似したキャラだと、私は不用意に書いてしまった。これまでにも、二人のことを「二卵性双生児」と表現する向きもあった。しかし、これは間違いとは言えないまでも正確ではない。二人の探偵譚を読めば解ることだが、彼らはちゃんと別人格として確立されており、それぞれの性格付けも見事に違ったものになっている。

フェル博士の方は、学究肌で、ややおとなしく、丁寧な物腰で他人に接するイギリス紳士の見本のような人物だ。それは、特に彼のしゃべり方に顕著であり、英語の原文における会話部分を読むと明確に解る（と言っても、私は英語は読めないので、翻訳者の森英俊氏や田口俊樹氏から教えてもらったことである）。

一方、H・Mの方は、それよりもっと大胆で自由奔放な性格をしている。要するに、大物で、不平家で、猥談を好み、背筋がゾクゾクするような小説を読み、子供じみた遊びに興じることもへっちゃらだ。しかし、頭は誰よりも切れて、名推理で事件を解決する好漢である――というのがH・Mの人物像なのだ。

そしてこのH・Mの人物像は、カー以降に登場したイギリスの本格系推理作家に大きな影響を与えてきた。

たとえば、現在のイギリスの本格作品に出てくる探偵で、人気のある者は、みんなH・Mのクローンのようだ。コリン・デクスターのモース警部、レジナルド・ヒルのダルジール主任警視、ピーター・ラブゼイのダイヤモンド警部、R・D・ウィングフィールドのフロスト警部、それから、テレビ番組の『心理探偵フィッツ』の主人公もそうだ――その全員が、H・Mをモデルにしたようなふとっちょで、表向きは皮肉屋という性格をしている。

これはとても偶然とは言えない。

故に、H・Mは彼らの元祖として、もっと注目され、研究され、尊敬されるべき存在なのである。

書誌的データ

ヘンリー・メリヴェール卿は、一九三四年刊行の、カーター・ディクスン名義の第二作『黒死荘の殺人』から活躍を始める。以降、彼を主人公にして、カーは『白い准僧院の殺人』、『赤後家の殺人』、『一角獣の殺人』、『パンチとジュディ』、『孔雀の羽根の殺人』、『ユダの窓』と続々と傑作を発表する。

『弓弦城の殺人』から順に原題を並べると、次のようになる。

「THE BOWSTRING MURDERS」1933
「THE PLAGUE COURT MURDERS」1934
「THE WHITE PRIORY MURDERS」1934

「THE RED WIDOW MURDERS」1935
「THE UNICORN MURDERS」1935
「THE PUNCH AND JUDY MURDERS」1937
（英版「THE MAGIC-LANTERN MURDERS」1936）
「THE PEACOCK FEATHER MURDERS」1937
「THE JUDAS WINDOW」1938

御覧のとおり、『孔雀の羽根の殺人』までは、題名の末尾に複数形の〈MURDERS〉という単語が付いていて、題名の統一化が図られている。つまり、ヴァン・ダインが〈～殺人事件〉、エラリー・クイーンが〈～の秘密〉と題名を揃えたように、これらも〈～の殺人〉と訳するのが本当は正しいのだ。ただ残念ながら、『ユダの窓』では一人しか殺されず、その趣向も終わりになり、その後は、バラバラの題名になってしまった。

分類すると

カーの作品は、傾向や性質、方向性などによって、いくつかの範疇に分けることができる。たとえば、バンコランもの、フェル博士もの、H・Mもの、単独探偵もの、などと探偵ごとに分ける方法がある。

また、現代もの、歴史ものといった分け方もできる。

あるいは、時代ごとの変遷で、第一期（バンコランものの時期）、第二期（『三つの棺』や『ユダの窓』等、複雑なトリックを用いた傑作を連発していた時期）、第三期（『緑のカプセルの謎』や『囁く影』など、すっきりしたプロットの佳作を多くものにした時期）、第四期（『火よ、燃えろ！』や『ニューゲイトの花嫁』等の歴史ものに傾倒していった時期）と分けることもできる。

トリックに着目すれば、密室殺人もの（『赤後家の殺人』や『爬虫類館の殺人』）、足跡のない殺人もの（『テニスコートの殺人』や『貴婦人として死す』）、墜落殺人もの（『時計の中の骸骨』や『雷鳴の中でも』）というふうに分けることもできる。

性質的なとらえ方をすると、量的に最も多い古典的で王道的な作品群や、オカルト趣味に走ったもの（『曲がった蝶番』や『火刑法廷』）、諧謔《かいぎゃく》性を表に強く出したもの（『盲目の理髪師』や『連続殺人事件』等）、チェスタートン流の不条理な味が濃厚なもの（『帽子収集狂事件』や『死者がよみがえる』等）などと区別することも可能だ。

そして、この『パンチとジュディ』は、サスペンスと冒険性を濃厚にした作品群の一つに含ませることができる。同様の傾向にあるものは他に、『一角獣の殺人』や『赤い鎧戸のかげで』や『青ひげの花嫁』などがある。

物語の紹介

さて、それでは、この『パンチとジュディ』の物語について簡単に触れよう。

かつて、江戸川乱歩は、アメリカの女性作家クレイグ・ライスを日本に紹介する際、カーの『盲目の理髪師』などを引き合いに出して、〈道化探偵小説〉と表現した。「ライスの作風は本格探偵小説とファスとをたくみに結びつけたもの」と分析したのだ。現在ならば、ただ単に〈ユーモア・ミステリー〉とか〈愉快なコージー〉とでも言えばすむところだろう。しかし、その頃は（戦後すぐ）、殺人などの悲劇を主眼にした推理小説の中には、まだ笑いや愉快さを含んだものが少なかったので（日本では特に）、乱歩は読者に紹介するのに苦労したわけである。

その意味では、この『パンチとジュディ』は、まさに〈道化探偵小説〉とか〈ユーモア・ミステリー〉というに相応しい内容をしている。その上でさらに、カー一流の現実性（実社会における人間の行動に向けた厳しい批評）も、話の展開にうまく織り込まれている。

筋立てはこうだ。

結婚式を翌日に控えたケンウッド・ブレイクは、もと上司のＨ・Ｍから電報をもらい、いきなり、観光地のトーキーへ派遣させられる。そこには、以前、スパイ容疑のあった老ドイツ人がいて、今は心霊術に凝って暮らしている。彼は、ヨーロッパ中の警察が血眼で追っている国際的機密ブローカーの怪人物Ｌについての情報を持っているらしい。ブレイクは、その老人の身辺を探るよう命令されたのだが、老人の屋敷に侵入したところを、彼自身が泥棒と間違えられ、当地の警察に捕まってしまう。彼は何とか逃げ出すことに成功する。ところがそれは、彼が動機の解らぬ奇怪な連続殺人事件に巻き込まれる発端にすぎなかった……。

という話である。

で、実はこれは、かなり異色の作品なのである。いやいや、『パンチとジュディ』は、怪作とまで言って良いだろう。

カーの作品は普通、まがまがしい恐怖に彩られた人智を超えた事件が起き、密室殺人に代表される極端な不可能趣味があって、読者の頭を混乱の極みに追いやる。カーに限らず、たいていの推理小説が、冒頭に明確な謎があって、その謎解きや犯人捜しが探偵と読者の主眼となる――ところが、この『パンチとジュディ』はかなり違うのである。

というのも、この作品の最大の特徴は、いったいどんな事件が起きているのか、それが解らない――という点にあるからだ。必死に窮地から脱出しようともがくブレイクにも、彼に感情移入してページをめくる読者にも、最後の最後に至るまで、事件の正体は明かされないのである。

確かに、この作品には、遠隔地で同じ死に方をする二人の被害者――といった風変わりな犯罪が出てくる。しかし、カーは、スプラスティックなドタバタ・コメディ調の物語の中に、真の犯罪を巧妙に隠しているのである。つまり、全体的なプロット（構想あるいは構成）自体が読者に仕掛けられた最大のトリックなのだ。

それから、カーはこの作品で、いかがわしい催眠術やうさんくさい超能力について触れ、それに対する大衆の無知と誤解について警鐘を鳴らしている。それは、一九五五年発表の『読者よ欺かるるなかれ』でも繰り返され、より発展する主題である。ぜひ、そちらも読んでみてほしい。

なお、私は先に、この作品における冒険性とサスペンス性について触れた。それは、イギリス伝統の冒険小説系の流れを汲むものであることは明らかだ。たとえば、主人公たちがやむを得ぬ逃避行に追い込まれるあたりは、ジョン・バカンの『三十九階段』（一九一五）などとの近似的要素を指摘できる（――とか偉そうに書いたが、私はそっちの分野には疎いので、これ以上の言及はさける）。

脇役について

この作品で事件の渦中に投げ込まれるのは、ケンウッド・ブレイクとイブリン・チェインの二人である。まずケンウッド・ブレイクだが、『黒死荘の殺人』では、語り手（ワトソン役的存在）の立場を務めた。イブリン・チェインとは、『一角獣の殺人』でコンビを組むようになり、しだいに愛し合うようになる。二人の結婚はこの事件が起きた時には明日に迫り、今回は、彼らの結婚式が時間通りに果たせるのかどうかという、ロマンスの興味も大いにあるのである。

なお、『一角獣の殺人』は、フランスの古城を舞台にしていて、衆人環視状態において奇怪な殺人が起きる話だ。二階の廊下に立っていた人物が突然額を手で押さえ、階段を転げ落ちる。一階にいた者が助けに近寄ると、被害者の額の真ん中には、一角獣の角でやられたかのような大きな穴が生じていたのだ！。

古城に居合わせた人々の中には、怪盗フラマンドとそれを追う覆面探偵のガスケが紛れており、一人何役もの変装が入り乱れる。この『パンチとジュディ』同様、〈痛快ドタバタ怪奇冒険探偵小説〉とでも称したらいいだろうか——そんな奇想天外な話だ。『パンチとジュディ』を読み、ケンとイブリンの出会いの顛末を知りたくなったら（なるだろうから）、そちらも読んでみてほしい。

小趣向

H・Mものでは、カーは、いつもH・Mの言動に関して様々な遊びを用意している。ファンはそれが楽しい。

たとえば、葉巻にやたらに拘泥する話があったり、意味不明な「ガブリ、ガブリ」という相槌を打ってみたり、車輪付きトランクを坂道で追いかけたり、『時計の中の骸骨』では何度となく「わしはジェイムズ一世時代の騎士の化身なんじゃよ」と訴え、『赤い鎧戸のかげで』では、女性に対して「娘っ子《マイ・ウェンチ》」とか「お人形ちゃん《マイ・ドリィ》」とか言って、親しげに話しかける。

この『パンチとジュディ』での趣向は、H・Mが被る青と白のバンドが付いたリンネルのパナマ帽子にある。というのも、いつもH・Mは、ヴィクトリア女王からの贈り物だと説明するシルクハットを被っているからである。

そして、このパナマ帽子は、他には『青銅ランプの呪』などでも登場する。

パンチとジュディ

この本の邦題は『パンチとジュディ』となっているが、では、この〈パンチとジュディ〉とはいったい何のことか――あるいは誰のことなのか。実際に中身を読んでみれば一目瞭然、奇妙なことに、パンチ氏もジュディ嬢も出てこない。その点では、日本人には意味不明の題名と言って良いだろう。

この本の最初の訳本であるポケミス版には、訳者の村崎敏郎による〈パンチとジュディ〉に関する説明がある。それは次のようなものだ。

——さて、題名の「パンチとジュディ」について一言しておかなければなるまい。これはイギリスでは大へんよく知られている、ポピュラーな人形劇である。十七世紀にイタリアからはいってきた道化劇で、パンチが女房のジュディと喧嘩をはじめると、気強いジュディは棍棒を持出す。そこでパンチも棍棒でジュディをなぐり倒す。要するに取組つたりなぐり合つたりする。陽気な騒ぎが、人形劇だけに、痛快を感じさせるし、しまいには警官をなぐりつけ、死神をなぐり殺し、悪魔を出し抜くという、常識とはあべこべの傍若無人ぶりがいまなお民衆の喝采を呼ぶのであろう。

ということだ。私も以前、何かのイギリスのテレビ番組で、この人形劇の様子を見た。屋台のような形をした車輪の付いた木製の舞台の上で、不細工な人形が暴れているだけで、けっして趣味の良いものではなかった。むしろ、下品で、ただただ騒々しいものであった。

にもかかわらず、何故、それがこの小説の題名となっているのか。それについても、村崎敏郎はこう述べている。

――そこでこの題名は、ファース的な騒動を予想させると共に、本書の中の遠く離れた土地でまったく同じ状況下で死んでいる二人の道化た姿を暗示している。

まさしくそのとおりであろう。よって、邦題をより日本語として意味の通るものにするならば、『道化芝居の殺人』とか『道化人形劇の殺人』とした方が良いかもしれない。江戸川乱歩は、初めてこの本のことを日本人に紹介する時、『おどけ人形殺人事件』という題名を用いていた。

あるいは、英国版の題名『THE MAGIC-LANTERN MURDERS』を用いて、『魔法燈の殺人』と訳することも可能だろう。その方が、怪奇や幻想を愛したカーの小説には相応しい。もちろん、この場合の〈MAGIC-LANTERN（魔法の角灯）〉というのは、たぶん、事件の渦中に出てくる自己催眠導入用の奇妙な小道具のことだ。植木鉢を逆さまにひっくりかえしたような代物で、そのまわりを、矢印のような光線がチラチラと飛び回っている――と、表現されているあれである。

魔法のランプと言えば、私たちはたいてい『千夜一夜物語』の〈アラジンの魔法のランプ〉のことを思い出す。事件のクライマックスで、堂々と名推理を披露するH・Mの姿は、まさしくアラジンによって呼び出された巨大なランプの精《ジン》のような力強さがある。

存在感という意味でも、H・Mは、名探偵として頼もしいかぎりだ。

吸血の家

「短編版」

［登場人物］

二階堂蘭子……名探偵
二階堂黎人……私
中村寛二郎……三多摩署警部
雅宮清乃……雅宮家の主人
雅宮紘子……長女
雅宮琴子……次女
雅宮笛子……三女
雅宮冬子……紘子の娘
小川清二……雅宮家の同居人
小川ハマ……清二の妻
井原一郎……脱走兵

第一章◉〈血吸い姫〉の祟り

1

一九六九年（昭和四十四年）一月十一日。

その日は、朝早くから、チラチラと舞うような粉雪が降っていて、かなり寒かった。

午後七時前。そんな雪景色の中を、三多摩署の中村寛二郎《なかむらかんじろう》警部が、東京都国立《くにたち》市にある我が家を訪問した。

今夜は、前々から約束していた、二十四年前のある怪事件について、中村警部から話を聞くことになっていた。彼の方からすれば、私と同年の義妹《いもとう》である二階堂蘭子《にかいどうらんこ》の名推理を期待してのことだった。

蘭子はまだ大学一年生だが、様々な事件での活躍によって、名探偵としての評判をめきめき獲得していた。世間一般のみならず、警察関係者にも一目置かれ、中でも中村警部は、彼女の最大の理解者であった。

彼の年齢は四十六歳。背は低いががっしりした体軀で、厚い口髭を生やしている。一見温和な顔つきだが、犯罪者には厳しかった。

私と蘭子は、中村警部を、暖炉が赤々と燃えている応接室へ案内した。肘掛け付きのソファーに腰掛けると、さっそく彼は、鞄に入れてきたたくさんの資料をテーブルに広げた。紅茶と焼き菓子を配り終えた蘭子は、トレードマークの豪華な巻き毛を揺らしながら、彼の正面に腰掛けた。

「――中村警部。それでは、例の事件のことを詳しく教えてくださいな。確か、雪の密室とでも言うべき〈犯人の足跡がない殺人〉に遭遇したということでしたわね」

「うむ。警察官人生に不思議なことはつきものだが、二十四年前に、料亭〈久月《きゅうげつ》〉で起きたあの事件ほど奇怪なものはなかった。何しろ、真っ白な積雪に刺殺された被害者が倒れていて、周囲のどこにも、犯人の足跡がなかったのだから――」

そう前置きすると、中村警部は紅茶を一口飲み、軽く目を瞑り、過去の事件のことを淡々と語りだした。

2

……あの事件が起きたのは、太平洋戦争の最中、一九四五年——昭和二十年——二月二十七日のことだった。戦争は大詰めを迎えていて、敗戦は濃厚だった。日本軍はアメリカ軍にやられっぱなしで、とうとう本土も、爆撃機によって空襲される状態になっていた。

その頃、私はまだ刑事になって二年目の若造だった。肋膜《ろくまく》を患ったことのある私は、幸いにも兵役を免除された。それで、内地で警官などをやっていたのだ。

そんな最中に、あの事件は起きた。場所は、西八王子《はちおうじ》にある〈久月〉という料亭だった。小高い山の中腹に建つ、落ち着いた雰囲気の店で、戦争が始まる前は文化人や映画俳優などがよく訪れていた。開戦後は、お偉い軍人たちが頻繁に使っていた。

この〈久月〉を営んでいたのが、絶世の美女とうたわれた雅宮《まさみや》家の女たちだった。

はるか昔、八王子という町は甲州街道——現在の国道二十号——の宿場町だった。もともと雅宮家は、江戸時代に、そこの宿場で〈久月楼《きゆうげつろう》〉という飯盛り旅籠《はたご》を営んでいた。明治に入ってからは貸座敷と名を変えたが、ありていに言えば遊女屋だった。点在していた遊女屋が一ヵ所に集められ、現在の八王子田町《たまち》に、吉原のような遊郭が作られた。〈久月楼〉は、その中でも一番繁盛した店だった。

しかし、昭和に入ると、店を継いだ雅宮清乃《きよの》が、この罪深くて卑しい商売を嫌うようになった。彼女は同業者の家から婿を迎えたが、その夫が早くに病気で亡くなると、貸座敷をあっさり廃業して、別の場所で料亭を始めたのだ。

清乃が何故、遊女屋を閉めたかと言えば、祟《たた》りを恐れたせいだった。

江戸時代の——文政年間だったか天保年間だったか——〈久月楼〉には、翡翠姫《ひすいひめ》という名の、とても美しい女郎がいた。旗本のお姫様だったのだが、ある事件で旗本は将軍の不興を買い、お家取り潰しとなった。それで翡翠姫は、〈久月楼〉に売られてしまったのだった。

翡翠姫は若く、美しく、教養があり、芸事に秀でていた。だから、すぐに遊郭一の売れっ子になった。また、〈久月楼〉の一人息子のお手つきとなって、とても綺麗な娘を生んだのである。

だが結局、ひどくこき使われた上で病気になり、ろくに治療もされず、〈久月楼〉の地下にある座敷に閉じ込められてしまった。そして最期には、〈久月楼〉と遊郭全体を呪い、血を吐きながら狂い死んだのだった。

翡翠姫が死んでしばらくすると、廓のあちこちで、彼女の幽霊を見たという者が出てきた。

しかも、その幽霊を見た者はどんどん痩せ細り、全身から血を垂らしながら死んでいくのだった。

事実、〈久月楼〉の一人息子は奇妙な病気にかかり、全身に赤紫色の痣《あざ》ができて、そこから血と膿《うみ》を垂らしながら死んだ。そのため、いつしか、人々は翡翠姫の幽霊のことを〈血吸い姫〉と呼ぶようになった。

また、彼が死んですぐに、八王子の宿場には疫病が流行った。さらに、火事が起きて遊郭のほとんどが燃えてしまった。

こうした災厄の数々に、〈久月楼〉の者たちは恐れおののいた。だから、あわてて〈血吸い姫〉の墓をきちんと作り、手厚く供養した。また、高尾山から霊験あらたかな修行僧を呼んできて、彼女の霊を鎮めてもらったのだった。

だが、それ以降も、八王子の遊郭が火事で燃え、〈久月楼〉の人間が一人息子と同じような奇妙な病気で死ぬことがあった。また、時折、体に赤紫色の痣のある赤ん坊が生まれてくるのだった。

八王子の人々は、それらのことはすべて、浮かばれぬ〈血吸い姫〉の怨念の仕業である、祟りであると、信じていたのだった……。

3

遊女屋を営んでいたが故の、〈血吸い姫〉による恐ろしい呪い。そのまとわりつく祟りに耐えきれず、当主となった雅宮清乃は、遊女屋の〈久月楼〉を閉めて、再出発することにした。自分自身、生まれた時から腰に赤紫色の痣があり、そのことが彼女をずっと苦しめてきたからだった。

その痣は女の子にしか現われず、雅宮家では、痣のある娘は〈血吸い姫〉の生まれ変わりだと信じられていた。清乃はそうした呪縛から逃れたくて、ある意味必死だった。

昭和の初めに、清乃は、料亭〈久月〉を西八王子の小高い山の中に作った。けっこう繁盛して、特に戦争中は軍人たちに贔屓《ひいき》にされたため、相当な優遇があった。

〈久月〉が店じまいしたのは、一九五八年――昭和三十三年――の二月のことである。清乃が皮膚癌の悪化で亡くなったからだ。それに関しては、あの痣から癌が広がったのではないかと言う者も多かった。

清乃には三人の娘がいた。紘子《いとこ》、琴子《ことこ》、笛子《ふえこ》の順で、笛子だけ年が離れている。

娘たち三人は、相談の上、店を完全に閉めた。雅宮家の財産はけっこう残っていた。それで三人は、茶や琴や花や日本舞踊を人に教えながら、気儘《きまま》に暮らしていくことを選んだのである。

写真を見てもらうと解るが、雅宮家の女性は皆、恐ろしいほどの美人だった。ただ、その美しさにはどこか異常なものがあった。清乃も三人の娘たちも、まるで、精巧に作られた人形のようなのだ。途轍もない美貌を誇るが、どこか人工的で、淫靡《いんび》さも滲んでいる。

それもそのはず、遊女屋の〈久月楼〉では、全国から綺麗で若い娘を買い集めていた。跡取りの男子は、その中から、特に容貌の秀でた者を妻や妾にしていた。また、遊女屋を営む家の婚姻は、たいていが廓内か親類の間で行なわれていて、同族結婚に近かった。

故に、生まれてくる子供は皆、見目麗しかったが、血も濃くなりすぎた。清乃はそのことも心配して、娘たちには血縁でない者、遊郭の関係者ではない者と結婚させようと思っていたのである――。

4

そこまで話して、中村警部は三枚の写真を取り出した。どれも白黒写真で、一枚はかなり古いものだった。

「これは、昭和十八年頃の雅宮清乃の写真だ。年齢は四十歳になるかどうかというところだが、見てのとおり、とても美しくて、大人の色気のある女性だったよ」

と、彼は手放しで賞賛した。

「三人姉妹の母親ですわね」

と、蘭子は確認しながら、それを受け取った。私も、横からその写真を覗き込んで、ハッとした。

被写体は、和装の、日本髪に結った中年女性だった。写真館かどこかで撮ったようなきちんとしたもので、やや半身に立ち、白粉を濃く塗った顔をこちらに向けていた。着ているのは、仕立ての良い藍色の大島紬《つむぎ》だった。

確かに、清乃の美貌は生半可なものではなかった。西洋人女性のような派手さではなく、鋭利な刃物のような美しさである。目は切れ長で、怜悧な光を放っている。鼻筋が通り、唇は薄い方だが、大人の色香が漂う笑みがその唇の端に浮かんでいた。

「――こっちは、三姉妹の写真だ。〈久月〉を廃業する前年のもので、彼女たちは毎年、八王子の滝山公園で春に催される〈桜の宴〉に呼ばれ、琴を弾いていた」

一枚は、満開の桜を背景に、艶やかな着物を着た三姉妹の写真だった。赤い敷物の上で琴の連弾をしている。

もう一枚は、三姉妹が桜並木の中を歩いているところ。桜の花よりも、彼女たちの美しさの方が勝っている。

「――あの事件が起きた頃の、雅宮家の当主は清乃だった。彼女は若くして婿を迎え、雅宮家を継いだのだが、夫の秀太郎は一九四〇年（昭和十五年）に病気で亡くなっている。肺病で何年か伏せった後の不幸だった。

清乃は薹《とう》が立った年齢にもかかわらず、鬼気迫る美しさを誇っていた。恥ずかしい話だが、若かった私は、彼女に会う度に、その色香に圧倒されたものだったよ。

それに、清乃は、〈久月〉の女将《おかみ》として、同業者に一目も二目も置かれていた。病で倒れた夫に代わり、料亭を切り盛りしていたのだから、当然のことだろう」

「女傑という感じだったのですか、警部？」

蘭子が興味を持って尋ねると、

「いいや、そうでもない。普段は愛想も良く、物腰は大変丁寧だった。頭の良さと意思のかたさも明白で、どんな時でも威厳を崩さなかった。

その証拠に、事件が発生して、自分の家の敷地内で人が殺されたと聞いても、彼女はさほど動揺しなかった。警察の執拗な尋問に対しても、彼女は落ち着き払って答えていた」

私は、雅宮清乃という女性の人物像を思い浮かべてみた。比類なき美形。その妖しいほどの美貌と思慮を武器にし、女だてらに高級料亭の経営者として、時代の荒波に向かって挑んでいく——。

蘭子は、写真を指さしながら質問した。

「事件当時の、彼女たちの年齢は？」

「紘子は一九二一年——大正十年——五月十一日生まれ。琴子は一九二三年——大正十二年——七月十八日生まれ。笛子は一九三九年——昭和十四年——一月七日生まれだ。だから、順に、二十三歳、二十一歳、六歳だった」

と、中村警部は記録を確認しながら答えた。

「それでは、〈桜の宴〉の時には、三十五歳、三十三歳、十八歳、になりますわね」

と、蘭子も感心したように言った。

しかし、上の二人はそんな年齢に見えない。紘子も琴子もまるで二十代だ。映画女優と比べても、この三姉妹ほどの美人はなかなかいない。白黒写真でも解るほど、三人の肌は真っ白で艶やかだった。

紘子は完璧な顔立ちをしていた。母親の清乃の顔を、幾らか柔和にした感じだった。似ているとすれば、琴子の方が母親に似ていた。目鼻立ちは、出来の良い博多人形を思わせるほど端正だ。そういう意味では一番和風である。笛子は十代だからか少し丸顔で、大きくて形の良い目が印象的だった。

「もしかすると、雅宮紘子と中村警部は、ほぼ同じ年齢ですか」

私が尋ねると、彼は苦笑いして、

「それどころか、私よりも二つ上だ」と、指を二本立てて言った。「――君たちは、藤岡大《ふじおかたい》山《ざん》という著名な画家の、〈富士美人図〉という絵を知っているかね」

蘭子が頷いた。

「ええ。確か、記念切手にもなった油絵ですわね。富士山を背景にして、和服姿で髪を結い上げた若い妊婦が、手にうちわを持っているものでしょう?」

「実は、そのモデルが、雅宮紘子なのだ」

それを聞いて、私はますます驚いた。〈富士美人図〉は、学校の教科書にも載っているほど有名な油絵だ。

藤岡大山は、一八九四年――明治二十七年――生まれの油絵の大家である。若い頃にパリに渡り、ヨーロッパで最初に彼の描く人物画が認められ、三十歳の時に帰国した。彼の絵は現実派と呼ばれ、当時の画壇に大きな影響を与えた。

「紘子が十六か十七歳の頃に、藤岡大山に頼まれてモデルになったらしい。だが、紘子の逸話はそれだけじゃない。雅宮家の三姉妹と言えば、音に聞こえた美人姉妹ということで、母親の清乃を含めて世間の注目の的だった。

それで、川端康成《かわばたやすなり》などが書いた小説の中にも、紘子たちを題材にしたものが存在するくらいだ。文学的なアイドルだったのさ」

「彼女たちは、そこに在住ですの？」

蘭子が尋ねると、中村警部は辛そうな表情になり、声を落として返事をした。

「いいや。実は昨年の冬に、思いもかけない悲劇が起きたんだ。未明に台所から火が出てね、雅宮家は全焼してしまったのさ。その時に、全員が焼け死んだんだよ」

「事件性は？」

と、蘭子はすかさず尋ねた。

中村警部は、悲しげな目つきで説明した。

「当初、事件性はないと思われた。台所で暖房のために豆炭などを使っていたので、その不始末から火事になったのだろうというのが、消防署の見解だった。

しかし、何故か、一ヵ月後に、紘子から私に手紙が届いた。誰かに投函を頼んで、手紙を預けていたらしい。

そこには、驚くような告白が書かれていた。

すでに亡くなっている母親の清乃が、遊女屋時代からの忌まわしい血を断ちきりたいと切望していたこと。それから、自分の娘に赤紫色の痣があり、〈血吸い姫〉の生まれ変わりで、不憫《ふびん》であったこと。だから、自分の責任で、家と家族のことに関して、綺麗に始末を付けることにしたとね」

「『綺麗に始末を付ける』とは、どういう意味ですか。まさか、家に火を付けたのは紘子なのですか」

驚きに、蘭子は目を丸くした。

「はっきりとは解らない。家が全焼してしまったし、どの死体も丸焦げだったので、紘子が放火したとか、家族に何かしたというような証拠は見つからなかった」

と、苦しげな声で言った中村警部は、手書きの手紙を見せてくれた。読むと、達筆な文字で、紘子の心情が切々と書かれていたが、具体的な行動について何も触れてなかった。

「何にしても、雅宮家の女性たちは紅蓮の炎に巻かれ、全員、命を失ってしまった。そして、それも、〈血吸い姫〉の祟りによるせいだと、雅宮家のことを知る者たちは噂しているのだよ――」

5

しかし、蘭子は無神論者で合理主義者だった。幽霊や呪いなどというオカルトじみたものはいっさい信じていなかった。だから、

「雅宮家の最期と、二十四年前の事件は何か繫がりがあるのですか」

と、事務的な口調で言った。

中村警部は肩をすくめた。

「たぶん、ないだろう。ただこの手紙を読んで気になったのは、紘子が自分の娘、つまり冬《ふゆ》子《こ》のことを、〈血吸い姫〉の生まれ変わりだと言っていることだ。

しかし、私の知っている冬子は、病気がちなおとなしい子供だった。成人してからも、美しくはあったが、儚《はかな》げな娘で、どこにもおかしいところは見受けられなかった」

「ですが、人は見かけによりません。善人に見える悪人も、中村警部はたくさん御存じでしょう？」

「まあ、そうだがね」

「ところで、二十四年前に殺されたのは誰ですか。名前を教えてください」

と、蘭子は話の先を促した。

「被害者は男で、名は井原一郎《いはらいちろう》。陸軍の兵隊だった。犯罪現場は、料亭〈久月〉の門を入った所にある前庭の中央だった。

時刻は正午近い頃で、その日は朝から小雪が降っていた――そう、この雪が何より曲者で、すべての元凶だった。私はある理由があって、その時、〈久月〉にいた。実は、その少し前から、私は雅宮家に対してある疑惑をいだいていた。それでこっそりと、雅宮家の内情や周囲の状況を調べていた。当日も、それで〈久月〉を訪問していたわけさ」

「ある疑惑とは？」

「〈久月〉の周辺で、小さな事件が何件かあった。あのあたりは、当時伊沢村と呼ばれていたが、あちこちで半年ほど前から、陰湿な犯罪が発生していた。私はその犯人が、雅宮家の中にいるのではないかと考え、秘密裏に探りを入れていたんだよ」

「どんな犯罪ですか」

と、蘭子は興味津々の顔で訊いた。

中村警部は、冷たい声で答えた。

「毒殺魔が出没していたのさ。ただし、殺されたのは人間ではなくて、農家や民家で飼われている家畜や、犬や猫などだった。馬が一頭死んでいるし、鶏やスズメなどの鳥、さらに沼や水田にいる魚もやられていた」

「動物殺し、ですか」

と、蘭子は少し驚いて訊いた。

「だがね、蘭子君。君ならば、この意味が解るのじゃないかね」

中村警部は、意味ありげに問うた。

「予行演習でしょうね」と、蘭子は淀みなく返事した。「殺人の予行演習。人間に毒を飲ませる前に、そこらにいる動物で試験をしていたに違いありませんわ」

「うむ。そのとおりだ。私の推測もそれと同じだった。犯人は狙う人間を殺害する前に、動物を用いて、使う毒物の効き目を確かめているのだろうとね——」

第二章◉毒殺魔

1

中村警部は、タバコを取り出した。そして、一服してから話を続けた。

「――料亭〈久月〉は、西八王子の伊沢《いざわ》村にあった。荒川山という小高い丘陵の途中に、林に隠れるような感じで、落ち着いた純和風の建物が建っていた。今は、そのあたりも新興住宅地となってきたが、当時の伊沢村は、雑木林や田圃、桑畑しかないような完全な田舎だった。人家と言えば、防風林に囲まれた一軒家の農家ばかりだった。

さて、毒物事件が発覚したのは一九四四年――昭和十九年――十月のことで、三多摩署へ事件を知らせてきたのは、伊沢村の駐在員だった。ある農家で耕作馬が死んだが、不審な点があるので見てくれとのことだった。

変事に気づいたのは、馬の治療をした獣医だった。そして彼は、薬物中毒の疑いを持った。それで、即刻、警察に通報したのだよ」

「その毒物は、どういうものだったのですか」

真剣な面持ちで、蘭子が尋ねた。

「アドニンらしかった。他の場合には、トリカブトの毒なども使われていたが、どれも、たいがい植物系の毒物が使用されていた。それがあの毒殺魔の犯行の特徴だった」

「毒物の投与の方法は？」

「馬の飲み水の中に混ぜてあった。馬屋に残っていた水桶の中からも、毒が検出された。たぶん、犯人は夜分に馬屋に忍びこみ、水桶の水に毒を投入しておいたのだろう」

「とすると、犯行は、近隣の地理や住人たちの生活環境を熟知している者の仕業ですわね」

「そういうことだ。このような殺害方法では、通り魔的な犯行とは考えにくい。

当時、あのあたりは、夜になるとまったくと言って良いほど人気《ひとけ》がなかった。農家は防風林に囲まれ、外灯もないから、ほぼ真っ暗だ。地勢を知らない者には、一歩も目的地へ近づけなかっただろう。

それで、事件の担当になった私は、さっそく極秘裏に伊沢村近辺を調査し始めた。何日間かかけて、私は自分の足で、桑畑の中に点在する雑木林の中を歩き、聞き込みを行なった。

それによって、幾つかの事実が浮き彫りになった。少し前から、そのあたりで怪しい出来事がいくつか発生していたのだよ。

村はずれにある小さな沼で、たくさんの魚が白い腹を上にして浮かんでいた。ある野原の片隅で、小鳥が十数羽、かたまって落ちていた。飼い犬が、原因不明で急死したというものもあった。さらには、野良犬が三匹道端に倒れて死んでおり、農夫が死骸を片づけたという事実もつかんだ。

そこで、私は上司と相談の上、この飼い犬と野良犬を土の中から掘り起こした。すると、犬たちの体内から、微量ながら、アルカロイド系の植物毒が検出された。沼の方は時間が経っていて確定的ではないが、青酸が投げ込まれたのではないかと推測できた」

「アドニン、アルカロイド、青酸ですか――ずいぶん、多様な毒を使う犯人ですわね。普通、毒殺魔は、自分の得意な毒だけを使うことが多いのですが」

と、蘭子は嫌悪感をあらわに言った。

中村警部は、タバコを灰皿に戻した。

「とにかく、伊沢村には、毒殺魔がひそんでいる――このことは間違いなかった。私は、地図上に事件が起こった場所を印した。すると、面白いことに気がついた。印の位置を線で結ぶと、ちょうど円が描かれ、その中心に〈久月〉があったんだ。半径一キロメートルの円の中に、すべての事件現場が収まった。

しかも、村人たちは、何となく〈久月〉と雅宮家の者を忌み嫌っている節があった。畏怖心も垣間見えたし、なるべく近寄らないようにしている感じだった。遊女屋という昔の商売を嫌悪した差別意識からだが、それ以外にも何か含むことがありそうだった。

それにしても、毒殺魔事件には証拠や決め手がなかった。〈久月〉を疑ったのも、私一人の考えだった。上司は、〈久月〉に探りを入れることに関して、あまり乗り気ではなかった。軍の高級将校が贔屓《ひいき》にしていたため、下手に手を出すとまずいと思ったのだろう」

「終戦の年なのに、〈久月〉は営業できたのですか」

と、蘭子は尋ねた。

「君たちも知っているかと思うが、一九四四年――昭和十九年――の初め頃には、戦争のために割烹や待合の営業が禁じられている。にもかかわらず、〈久月〉が店を続けられたのは、一部の軍人たちによって、もぐりの社交場になっていたからなのさ。

それで、私は時間を作っては〈久月〉を見張っていた。そうしたら、あの摩訶不思議な事件が起きてしまった。井原一郎という名の兵隊が、毒を塗られた短剣で、何者かに――姿なき者に――刺し殺されてしまったのだよ――」

2

「高級将校たちが、〈久月〉を贔屓にしたのは、間違いなく、清乃が女将だったからだ。中年女性でありながら、彼女の美しさや妖艶さは、多くの男を虜にするのに充分だった。それに頭も切れた。将校たちが、彼女に惚れ込み、〈久月〉に足繁く通ったのも無理はない。

さらに、清乃の娘たちもいた。紘子、琴子、笛子の三人姉妹の美貌も、軍人たちの関心をがっちりとつかんでいた。戦時中にもかかわらず、彼女たちは実に華やかな存在だった。

長女の紘子は早くに結婚をしたせいか、二十二、三歳にしては、すでにしっとりとした魅力を発していた。とても、子供が一人いる未亡人とは思えなかった。

次女の琴子は、きらびやかな存在だった。琴子の顔は母親とよく似ていたから、二人が立ち並ぶと、遠目にはどちらがどちらか区別できなかった。

三女の笛子はまだ六歳の小さな子供だったが、木目込み人形のような麗しさだった。愛嬌もあり、客たちから非常に可愛いがられた」

中村警部は感慨深げに言った。実は、彼自身も、雅宮家の女性たちに心を奪われた一人なのだろう。私はそう思った。

「紘子の娘は？」

と、蘭子は訊く。

「五歳の冬子は、痩せた、小さな女の子だった。病気がちで寝ていることが多く、家の奥にほとんど引っこんでいた。真っ白な肌をしていて、顔立ちも実に綺麗だった」

「使用人たちの中に、疑わしい者は？」

「料理人が一人と仲居が一人いたが、不審な点はない。私の注意を引いたのは、小川清二とハマという老夫婦だった。

この二人は、住み込みで雅宮家につかえていた。清二が七十歳くらい、ハマが六十何歳かだったが、やはり二人とも、異様に顔立ちが整っていた。ただし、ヤクザものとその情婦というような、だらしない雰囲気もあった。

小川夫婦の素性について、私は清乃から話を聞いた。女郎屋を廃業して料亭〈久月〉を始めた時に、伊豆にいた彼らを呼び寄せ、雅宮家の家族に加えたそうなんだ。ただし、私の調査では、これは事実半分、嘘半分だと解った。

彼らの出身も、元は八王子の田町だ。ある女郎屋で、清二が女衒《ぜげん》を、ハマが遣《や》り手をやっていた。それから伊豆に移り、二人で小さな旅館を営んだのだが、清二の博打の借金で店をなくしてしまった。そこを、清乃に拾われたというわけさ。〈久月〉に来てからは、清二とハマは、清乃を助けて働いていた。ハマは仲居頭を、清二は様々な雑用を担当した。特に清二は、裏の汚い仕事を一手に引き受けていた」

「汚い仕事？」

「たとえば、料亭の飲食代の取り立てだ。たいていは付けになっていたが、中には払わずに踏み倒そうとする者もいる。その場合、清二が暴力的な手段で回収するわけだ。女衒をしていたので、その手の荒っぽいことはお手のものだった。

何にしろ、私は毒殺魔を警戒しつつ、〈久月〉を何度か訪れ、清乃と世間話をしてみた。あの時代は、警察官が一般人を見張るとか、不審者を警戒するようなことも日常茶飯事だったから、清乃は私の訪問を断われなかった。

そうして、建物内や敷地内も見せてもらったが、私はある植物に気づいた。それを、建物の裏手にある小さな畑で発見したのだった。

何かと言えば、一つは、人間の耳みたいな形をした紫色の花。もう一つは、葡萄か桑の実によく似た黒っぽい実の、葉の広いもの。さらにもう一つは、わずかに赤い、百合のような蕾を持つものだ」

それを聞いて、蘭子は得心がいった顔をした。

「最初がトリカブト、次がヤマゴボウ、最後がベラドンナ。いずれも、毒物になる薬草ですわね」

「そのとおりだ。自然に生えたものではなくて、畑があった。清乃に訊いたところ、その畑はハマが手入れをしていた。他にも何種類か、変わった種類の草花が並んでいた。

だから、私はハマにも質問した。すると彼女は、それらの植物から漢方薬を作っていると答えた。そして、時々、自作の漢方薬を持って村に行き、食物などと交換してもらっているのだと説明した。

それで私は、毒殺事件に関する村人たちの、歯切れの悪い態度の理由が解った。彼らは、ハマの作る薬草や漢方薬のことを何となく疑っていたのだろう――」

と、中村警部は重い声で言った。

3

蘭子は、次の質問をする前に、柔らかな前髪をかき上げた。

「警部。当時、〈久月〉で暮らしていた人というのは、それで全員ですか」

中村警部は眉間にしわを寄せ、首を振った。

「いいや。他に浅井重吉《あさいじゅうきち》という名の中年男性がいた。これは琴子の最初の夫だ。二人はその二年前に結婚したのだが、子供はいなかった。

浅井は四十歳ぐらいで、琴子の父親と言っても良いような年齢だった。押し出しの利いた人物で、日本橋で貿易商をしていた。元はかなりの資産家だったらしい。片足が悪くて、杖を突いており、そのために兵隊には取られなかった。空襲で麴町の家を焼かれ、それで半年前から、琴子と二人で〈久月〉に居候を決めこんでいた。

琴子と浅井は戦後すぐに離婚し、夫は単身、ブラジルへ渡ったと聞いている。

紘子は、一九三九年――昭和十四年――二月に十七歳で嫁いだ。夫の橘大仁《たちばなだいじ》は、荒川山にある荒川神社の神主だった。彼は、紘子と結婚した三年後に病死している。だから、彼女は二十一歳という若さで未亡人になった。

苗字《みょうじ》は、その時に雅宮姓に戻した。橘家の方は、大仁の弟の醍醐《だいご》が継いだ。橘家は代々神主を務めており、〈久月〉が建っている山の裏手にその神社がある。荒川山全体が、この橘家の地所だ。

そして、事件当時、紘子と醍醐の結婚話が出ていた。死んだ兄の代わりに、弟が紘子の新しい夫となる予定だった。しかし、終戦間際に醍醐が不慮の死を遂げ、その話は立ち消えに

「何があったのですか」

「その頃、多摩地区にも頻繁にアメリカ軍の飛行機が飛来していた。醍醐はグラマンの機銃掃射にやられて、命を落としたのさ。

琴子も姉と同様、浅井と離婚した時に雅宮姓に戻った。彼女はのちにもう一回結婚したが、それも長続きしなかった。

笛子は、十八歳の時に婚約破棄事件を起こしている。相手は、八王子市街にある不動産会社の青年社長だった。結婚式間際に、笛子が浮気をしてひどく揉めたらしい。

——という具合に、雅宮家の女性たちは、その美貌とは反比例して、幸せには薄い人生を送っていた。それも、〈血吸い姫〉の祟りのせいだと言う人がいるくらいだ」

中村警部は、同情するようにそう言った。

それから彼はタバコを揉み消し、ゆっくりと話を続けた。

第三章◉足跡のない殺人

1

……毒殺魔は、私の捜査を知って警戒したのか、年が明けてからはすっかり鳴りをひそめていた。そうこうして、一九四五年——昭和二十年——二月二十七日、私はまたも〈久月〉へ足を向けた。

この日は、早朝から雪がちらついていた。ひどく寒く、指がすぐにかじかんだ。

私が立川にある三多摩署を出たのは、午前八時頃だった。署の車も全部軍に徴集されており、移動手段は電車しかなかった。八王子駅に着いた私は、雅宮家までの長い道程も、徒歩でこなすつもりだった。幸い、八王子の町はずれにある駐在所で、古い自転車を借りることができた。

〈久月〉へ行くには、国道を高尾山方面へ向かい、伊沢村に入ったら右に折れて村道を通る。そして、荒川山の麓《ふもと》から、森の中の小道をひたすら登っていけば良い。

初めの内は、積雪はたいしたことがなかった。だが、村に入る頃には、地面が真っ白になった。タイヤが滑りはじめたので、私は自転車を降り、それを道端の木陰に隠した。後は歩きだ。雪の勢いが少しずつ増したから、私は、防寒服の襟をしっかりと合わせた。

村道のバス停の所から、荒川山の小道に入った。緩やかに五百メートルほど登っていくと、森の中に佇む〈久月〉が見えてくる。

その頃にはもう、どこもかしこも真っ白だった。どんよりとした鉛色の空を、無数の白い結晶が静かに舞っていた。足を前に出す度に、靴の下で雪が軋む音がした。

私が〈久月〉へ着いたのは、午前十一時二十分頃だった。背の高い白樫の高垣が、広い敷地をぐるりと囲っている。正門の手前に駐車場があり、そこに、黒色の箱型の車が一台置かれていた。後で知ったが、昨日の夕方から、陸軍の軍人が二人、お忍びで〈久月〉に宿泊していたのだった。

門の手前で、高垣越しに建物の入り組んだ瓦屋根が見えた。それも雪をのせて白くなっていた。奥深く造られた和風の家屋は、がっしりとした木造りだった。前庭は、ちょっとした庭園になっている。形を整えられた松の木や石灯籠《どうろう》が、綿帽子のような雪をかぶって白化粧していた。

前庭を歩きながら、私は後ろをチラリと見た。処女雪の上に、点々と私の足跡が続いている。玄関の側に石の手水鉢《ちょうずばち》があったが、氷が薄くはっていた。頭や衣服に付いた雪を払い落としてから、私は引き違い戸をあけて玄関に入り、大声で人を呼んだ。

玄関は土間だけでも十畳くらいあり、灰色の平らな石が敷き詰めてあった。式台も長細い御影石で、取り次ぎは畳の間だった。正面に季節の絵を描いた四枚の襖。その上にも、立派な額が飾ってあった。

畳の間の左右には木製の襖が二枚ずつあり、左側は開いていて、奥へ続く廊下が見えた。

私はそちらに寄ると、もう一度、呼びかけた。

すると、着物姿の若い女性が、奥から足早にやってきた。

——それは、長女の紘子だった。

彼女とも、前に来た時に多少話をしていた。だから、彼女も、私を見て愛想良く迎えてくれた。

「お待たせして申し訳ありません。刑事の中村様でございましたわね」

紘子は、非常に身綺麗な格好をしていた。時局がら、男なら国民服、女ならもんぺ姿と決まっていた。だが、彼女は不謹慎とも思えるほど仕立ての良い着物を身に付けていた。

「突然、お邪魔して申し訳ありません――」

まだ青二才だった私は、絋子の薄く白く塗った顔が眩しくて、まともに正視できなかった。

「ここはお寒いので、まずはお上がりください」

と、絋子は愛想良く微笑み、丁寧に私を誘った。

私がゲートルと靴を脱ぐのを待ち、彼女は、小さな表座敷の隣にある応接室へ案内した。

その先には、大小の座敷が並んでいる。

応接室は落ち着いた感じの洋間で、舶来の豪華な布椅子が置かれていた。彼女は火鉢の火の具合を確かめてから、茶を淹れに部屋を出ていった。私は火鉢に擦り寄り、凍えた体を温めた。

絋子は少しして戻ってきた。茶碗と干し芋を私の前に置いた。

「どうぞお召し上がりください。それで、中村様。今日はどうなさいましたか」

私は、用意してきた嘘を言うことにした。

「一昨日の夜、近くの農家の納屋に泥棒が入ったので、その点、皆さんに注意して回っているのです。こちらでは何か変わったことは起きていませんか。あるいは、不審者を見かけてはいませんか」

「特にございません。いつもどおりですわ」

「そうですか。しかし、充分に注意してください。夜間の戸締まりなども厳重に」

「はい。かしこまりました」

「ところで、女将《おかみ》は？」

「昨夜からのお客様が一組、いらっしゃいますので、今は、そのお相手をしております」

「そうですか。それでは、手のあいている他の御家族の方と会わせてください。念のため、一人一人に不審者に関する注意を行ないます」

と、私は真面目な態度で要求した。

「では、少々、お待ちください」

と、頭を下げて、紘子は部屋を出ていった。

戦争のせいで、私も食べ物には飢えていた。干し芋でさえ御馳走だったので、私は内心喜び、それに手を出した。

何分か経って、最初に紘子が連れてきたのは、小川ハマだった。ひどく痩せた遊女で、頬骨がやや突き出ているせいか、気の強い感じがした。ただ、雅宮家の女性同様、顔形はわりと整っていた。

ハマはギョロリとした目をこちらに向け、不服そうに部屋へ入ってきた。絣の着方がだらしないせいで、淫蕩《いんとう》な印象を受けた。彼女の体からは、線香臭い香りが漂ってきた。

私は訪問理由を述べて、ハマに、不審者を見かけたことはないかと尋ねた。しかしハマは、低い声でボソボソとしゃべり、何も知らないと無愛想に否定した。

「あなたは、毒物にもなる野草を作っていましたね。ちゃんと管理をお願いしますよ」

と、私が頼むと、彼女は不機嫌な顔で、

「あれは前にも言ったとおり、漢方薬を作るためのものですよ。それに、みんな土蔵の中に入れて、厳重に管理しております。心配は無用ですよ」

と言い捨て、さっさと退室してしまった。

それと入れ替わりに、紘子が妹の琴子を連れてきた。そして、笛子も探してきますと言い、琴子を置いて出ていったのだった。

琴子も、小綺麗な着物を着ていた。切れ長の目が涼しく、冷たい印象を与えるが、実際は朗らかな性格をしていた。

私が不審者に関する注意を言い終えると、琴子は柔らかな笑みを浮かべた。

「刑事さん。お時間がお時間ですので、よろしければ、昼食を用意させていただきます。いかがですか」

一応、私は辞退した。だが、食糧事情の悪い時だけに、本音を言えば、その厚意はありがたかった。

琴子は私の心境を察し、うっすらと笑い、

「すぐに用意させますからね」

と、支度を料理人に命じるために退室した。

私は、静かな応接室に残された。手持ちぶさたでお茶を飲み干していると、木彫の柱時計が、正午を告げる音をボンボンと鳴らし始めた。

――そして、その出来事が起きたのは、二、三分もしない内だった。

この部屋からほど近い所で、ハマがしきりに紘子を呼ぶ声がしたのである。何だかとても切迫した調子だった。壁が邪魔で、何を言っているかは解らなかったが、紘子があわただしくやって来て、返答するのも聞こえた。

それから、二人が何か言い合っていた。

私は好奇心に勝てず、冷えた廊下へ顔を出した。

玄関の方を見ると、畳の間との境に、厳しい顔をした小川ハマが立っていた。彼女は左側を向いていて、土間の方を凝視していた。

ハマの向こう側には、赤黒い色の着物ともんぺを着た小さな女の子がいた。老女の着物にしがみついていたのは三女の笛子で、今にも泣きそうな顔をしていた。

「どうしたのですか！」

私は、老女に向かって呼びかけた。

だが、ハマの耳には、私の声が入らなかったようだ。あるいは無視したのかもしれない。

私はそちらに駆け寄り、ハマの横から土間へと目をやった。

すると、一段低い式台の所にいた紘子が、

「――ハマさん、これ以上、あんなものを見せてはいけません。この娘を早く奥へ連れていってください！」

と、取り乱した声で命じたのだった。

「何かあったのですか！」

胸騒ぎがした私は、強く二人に尋ねた。

しかし、紘子の言葉に頷いたハマは、無言で子供の手を取り、取り次ぎの反対側にある別の廊下から奥へ行ってしまった。

その間に、紘子は震えながら私に訴えた。ひどく冷たい声とひどく怯えた目をしていた。

「――中村様。だ、誰か男性が、うちの前庭の中で倒れているんですの。何だか、首のあたりから、たくさん血が流れておりますわ。どうしたらいいのでしょうか！」

「知っている人ですか」

と、私は驚き、開いた引き違い戸の外を見やった。雪が少し降り込んでいるし、土間には雪の付着した黒い合羽《かっぱ》が落ちていた。

「い、いいえ。この家の者ではありません」

かぶりを振った紘子の顔は、蒼白だった。

私は下足置き場から、誰かの長靴を拝借した。そして、

「紘子さん、ここにいてください。動かないで！」

と指示すると、玄関を飛び出した。

外の寒さは私が来た時と同じだったが、粉雪の降り方は少し弱くなっていた。

玄関から前庭の中央に向かって、方向の違う二筋の足跡が雪の上にくっきりと残っていた。女物の雪駄の跡である。後で知ったことだが、それは、紘子がたった今、外に倒れている男の所まで行って戻ってきた足跡だった。

それと一部重なっていたが、私がここへ来た時の足跡も残っていた。こちらはもう、半分ほど雪に埋まって、輪郭が曖昧になっている。

そして、見回す必要もなく、そのものが私の目に飛び込んできた。

前庭の真ん中に、男が倒れている。純白の積雪の上に、赤い汚れをともなった大きな黒い塊が転がっていたのである。

私は慎重に、しかし、急いでそこへ走った。吐く息が白く煙って自分の視界を遮った。柔らかな雪が、足にまつわり付いた。

男は、真っ白な雪の上に前のめりに倒れていた。汚らしい軍服を身に付けた兵隊だった。

男の倒れている場所は、前庭のほぼ中央だった。玄関からは約十メートルの距離。門の手前の植え込みからも約十メートルの所だった。門に向かって右側の池や、左側にある庭木からも、それぞれ六、七メートルはあった。

私は、死体の少し手前で立ち止まった。男が絶命していることは、明らかだった。

積雪の深さは五センチほどで、死体の上にも、むらがあるが、すでにいくらかの雪がのっていた。男の顔は横を向いていて、頬が半分、積雪にめり込んでいた。汚濁した目がうっすらと開いていたが、生気は皆無だった。

しかし、私が息を呑んだのは別の理由だった。

男の首筋の右側から、何か小さな棒のような物が突き出ていたのである。それは、短刀の柄のようだった。

つまり、刃は、深々とこの男の首の中に突き刺さっていることになる。首の下を中心に、頭の向こう側の雪が、傷口から流れ出た大量の血で赤く染まっていた。

その血溜まりを見て、私の体を冷たい戦慄が走り抜けた……。

2

周囲の音はいっさい聞こえなかった。元より、雪が降っているせいで、底知れぬ静寂があたりを支配していた。

他殺だ。人殺しだ。それは間違いない。こんな所で、こんな具合に、自殺をする者はいない――。

死体を初めて見たわけではないが、嫌悪感からか、胃の腑がムカムカした。しかも、漠然とだが、この状況に、私は何だか違和感を覚えた。

私はゴクリと息を呑み、周囲を見回した。興奮しているせいか、寒さを感じなかった。幾分弱まったが、雪は相変わらず降り続いている。玄関を見ると、引き違い戸に片手を添えて、絃子が心配そうにこちらを見ていた。

そこから死体の頭の側まで、小さめの雪駄が付けた足跡が往復している。形ははっきりしており、新しい足跡なのは間違いなかった。

男自身の足跡は、門の外からここまで続いていた。この足跡は、少しだけ輪郭や溝が崩れていた。

男の足跡と一部重なりながら、私が付けた足跡もあった。門の向こうから玄関まで続いているが、後から降った雪のせいで、だいぶぼやけた形になっていた。

私は、短い間にそれらのことを見て取った。だが、事態の真の異常さにはまだ気がついていなかった。

私は、ソロソロと死体に近寄った。男の顔を覗き込んだ。血の気はほぼない。

首筋に見える短刀は、鍔のない匕首だと解った。刃は、柄の付け根まで深く突き刺さっている。どうやら、短刀は投げつけられたものではなく、犯人が柄を握りしめて、グサリと刺したのだろう。

私は屈みこみ、死者の左手を触った。冷たくて、脈拍もなかった。

それらの事実を総合して、私は、男が死んでどのくらいの時間が経ったか推測した。

私がこの家へ来たのは、三十分以上前のことだ。男はその後にやって来たわけだから、死んでから二十分から十五分は経っているに違いない。

私は立ち上がり、あらためて死体を見下ろした。枯れ草色の軍服を着ており、上から下まで泥で真っ黒に汚れていた。あちらこちら破れていて、かなりみすぼらしい。顔は無精髭で埋まり、飢餓のせいだろうか、頬がずいぶんとこけていた。

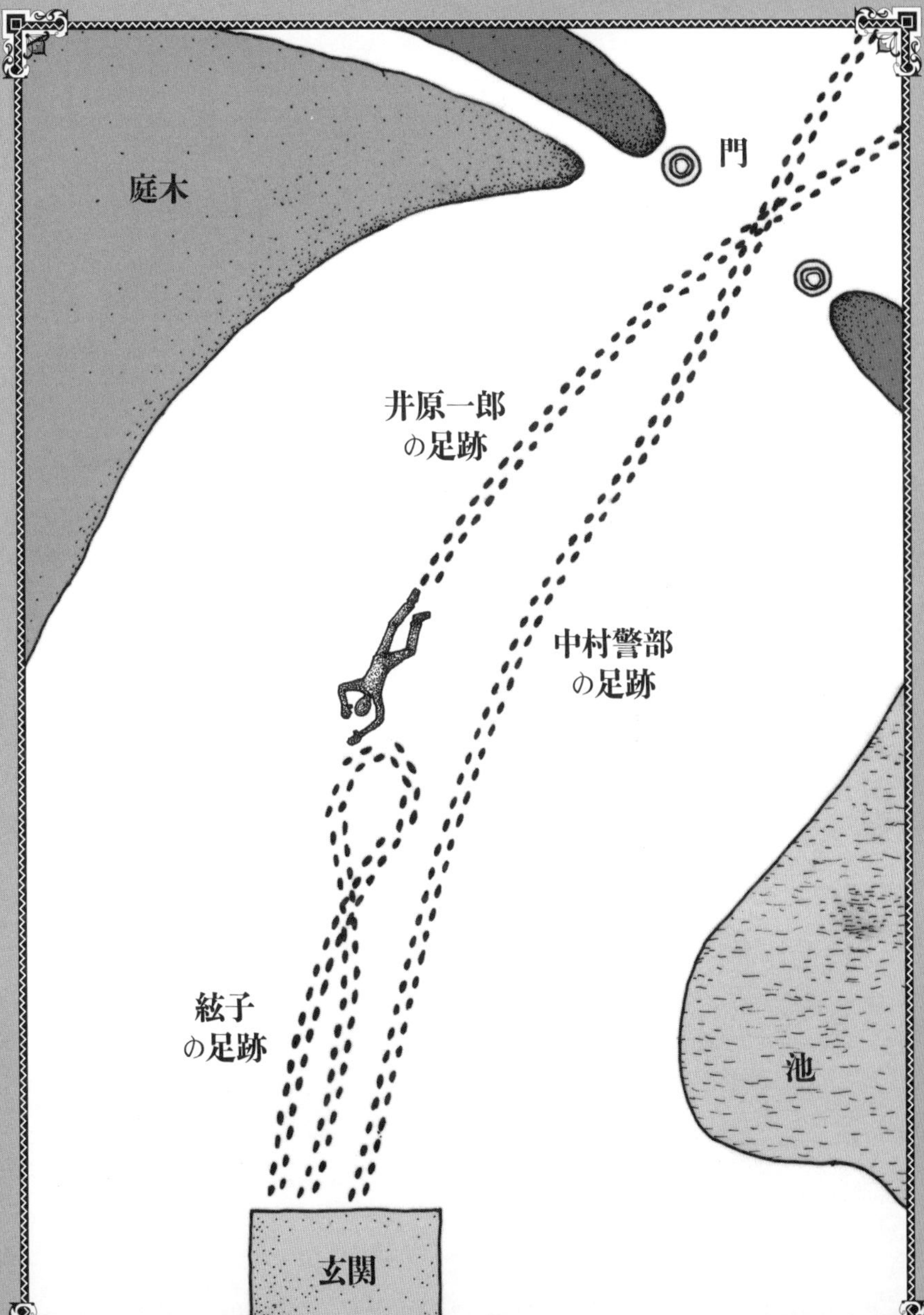

庭木
門
井原一郎
の足跡
中村警部
の足跡
紘子
の足跡
池
玄関

――こいつは脱走兵だ。

そう私は思った。

この男の足跡は、私の足跡同様、門の外からここまでほぼまっすぐ続いている。このことからしても、男は不意打ちを食らい、いきなり後ろから刺し殺されたようだ。

――だが。

いったい誰が――。

その時、ようやく私は、違和感の正体を知った。

私は衝撃を受け、喘いだ。自分で気づいたことに愕然となった。とうてい信じがたいことだった！

あたり一面、すべてのものが真っ白な雪に覆いつくされている。

にもかかわらず、ここには、犯人の足跡がないではないか！

たぶん、被害者はこの場で刺されて、即死だったはずだ。他に血の垂れた箇所はないから、それは間違いないだろう。短刀は深々と刺さっているから、犯人が直接凶行に及んだもので、投げつけたものとは思えない。にもかかわらず、私の足跡と、被害者の足跡と、小さめの雪駄の足跡以外、他に足跡がないのだ！

そんな馬鹿なことがあり得るのか⁉

雪駄の足跡は、紘子のものだろう。それは真新しくて、頭の所まで来ると踵を返し、玄関に戻っている。だから、男の背後には回り込んでいない。

ところが、男は、ほぼ平らな前庭の真ん中あたりで死んでいる。玄関と門までは十メートルほど。東側の池と西側の庭木までは、六、七メートルもある。三人の足跡以外は、積雪はまっさらであった。

おかしい――。

――これはいったい、どうしたことだ

――矛盾だ！　不可能だ！

あまりの事実に、私は恐怖した――。

3

――不可解だった。異常だった。

しかし、私はすぐに我に返った。そして、玄関の所で怯えている紘子に声をかけた。

「紘子さん。男の様子を見に、ここまで来ましたか！」

「は、はい。行き倒れかと思いまして。すぐに、助けなくてはと。ですが、ひどい血が――」

と、紘子は震える声で答えた。

「解りました。では、いいですか。私がそこへ戻るまで、絶対に動かないでください。あと、外にも出ないで。誰かが来ても、家から出さないようにしてください！」

私は大きく息をして、落ち着こうと思った。

それから、死体より離れて、証拠となるべき二つの足跡――被害者と私の足跡――を踏まないように注意しながら、門の方へ遠回りして歩いた。門の所で立ち止まり、あたりを見回したが、やはり自分と被害者の足跡以外、何もない。

門の外にある小道は、車一台と半分ほどの幅だ。そして、緩やかに下っている。私の足跡は、そのすぐ先の駐車場の横で、降雪によって薄れていた。黒い箱型の車も、雪に覆われていた。

小道は、駐車場の先で右にカーブしている。被害者の足跡は、下からずっと続いていた。

私は小道の端に寄りながら、男の足跡を追ってみた。少しずつだが、薄くなっていく。結局、村道の手前百メートルくらいの所で、ほとんど雪に埋もれていた。

私は、途方にくれて空を見上げた。天は低く、相変わらず灰色の雲で覆われている。雪のちらつきがまた強くなり始めていた。

「くそっ！」

悪態を吐いて、私は〈久月〉へ引き返した。前庭へ入ると、今度は高垣に沿うようにして庭の隅を一周した。

結局、それで解ったことは、この不思議な殺人を説明するに足りる痕跡や物証が、何一つないということだった。植木や茂みの下には土がむき出しになった所もあったが、そこにも何らかの形跡は皆無だった。

私が玄関へ戻ると、当主の雅宮清乃もやって来ていた。紘子の方は恐怖と心配によってか、ますます青ざめていた。

「――中村様。このような御面倒をおかけして、大変申し訳ありません」

と、清乃は凜《りん》とした態度で、謝罪した。

私は、清乃に状況を簡単に説明した。

「家の者は、誰も屋敷から出ないでほしい。お客様もです。それから、電話を貸してください。警察の応援を呼びますから」

と、頼むと、

「一昨日、アメリカ軍の飛行機が村を襲い、爆弾を落としました。その時に、電柱が倒れて電話線が切れたそうです。それ以来、復旧しておりません」

と、清乃は申し訳なさそうに言った。

「ならば、誰か男の使用人に、一番近い駐在所まで行ってもらいましょうか。それに、毛布か敷布を四枚ください」

私がそう言うと、清乃は、紘子に小川清二を呼びに行かせ、毛布は自分で持ってきた。

清乃は眉間にしわを寄せ、

「中村様。お客様を、お帰ししてよろしいでしょうか。あの方たちを、ここで足止めすることはできません」

と、困ったように言った。

「軍のお偉方ですね」

「はい」

「それならば、私が彼らに事情を説明します。これは殺人事件です。協力してくださるよう説得してみます」

とは言ったが、面倒なことになるだろうと私は思った。そして案の定、お忍びで来ていた軍人たちは、ここで我々に会ったことは他言するなと凄み、さっさと帰ってしまった。

軍人の一人は陸軍の将校で、名前を秋山《あきやま》といった。実はこの男は、雅宮清乃のパトロンであった。もう一人は下士官で、運転士を務めていた。

それで仕方なく、私は警察の応援が来るのを待つことにした。もらった毛布の一枚を死体の上に掛け、残り三枚は、その側にある私の足跡、被害者の足跡、絃子の足跡の上に被せておいた。

雪が降り続けていたので、私は暗い気持ちになった。前庭の証拠――特に足跡――が埋もれて消えてしまうからである。

結局、雪のせいもあり、三多摩署からの応援が揃うのに、二時間近くかかってしまった……。

第四章◉不可能犯罪

1

中村警部は、苦いものを吐き出すように言うと、拳をきつく握りしめた。

「――危惧したとおり、応援の車が到着した頃には、どの毛布も雪を薄く被っていた。門の外の足跡はほとんど埋まってしまい、前庭の足跡もただの窪みと化していた。

捜査の指揮は、京本武司《きょうもとたけし》という警部補が取り仕切った。カイゼル髭を生やした尊大ぶった男で、私はあまり好きではなかった。

京本警部補はまず家に入り、応接室に私を呼んだ。そして、事件の概要を説明しろと横柄に命じた。私は犯行現場で説明したかったけれど、彼は必要ないと断じた。

私は、死体の周囲に犯人の足跡がないことがおかしいと指摘した。けれども、京本警部補は気にも留めなかった。そんなことは、容疑者を捕まえ、殴るなどして事実を吐かせればいいと、乱暴な方針を公然と述べたくらいだ。戦前の警察官にはありがちな、暴力的な姿勢だった。

京本警部補は、〈久月〉の人間を全員、大広間に集めさせた。そして、別の部下に尋問を行なわせた。

その間に、私は、鑑識の仕事を監督した。鑑識は寒さに凍えながら、被害者、足跡、地形等を地道に確認した。また、私は彼らに死体発見時の様子を話し、自分の行動を繰り返して見せた。鑑識の人間も、犯人の足跡が見当たらないことに当惑していた。

鑑識主任は、毛布の下の足跡を丹念に確認した。彼の個人的主観でも、どの足跡にも怪しい点はない、人工的に作られた足跡ではない、という意見だった。

紘子のが雪駄。私のが古い革靴。被害者のが軍隊で支給される革靴だった。雪駄の足跡は、走り気味に玄関と死体の間を往復している。被害者の足跡は、門の外から来て、前庭の中央で終わっている。私の足跡は門の外から玄関まで続いている。足跡の明瞭さは、紘子、被害者、私という順である。雪が降っていたのだから、これは当然のことだった――」

蘭子は中村警部の話を聞きながら、時折、目を瞑り、襟元の巻き毛に指を絡めていた。それは、神経を集中している時の癖だった。

「警部。確かに、不思議な事件ですわね。犯人の足跡がない殺人。密室に代表される不可能犯罪の中でも、極めつきに難しい問題ですわ」

「そうだ。あり得ない出来事が起きたんだ」

と、中村警部は悔しそうに言った。

私は横から、彼に尋ねた。

「警部。その兵隊はどこか他所で首を刺され、瀕死の状態で必死に歩いてきて、前庭の中央で絶命したとは考えられませんか」

中村警部は、力なく首を横に振った。

「いいや、黎人君。それはない。今も言ったとおり、短刀は深く首に刺さっていたし、血は死体の所にしか流れていなかったからね。だいいち、そうだとしたら、足跡は千鳥足になって乱れていただろう。

しかも、後で解ったんだが、短刀の刃にはトリカブトの毒がたっぷり塗ってあった。それだけでも、彼の命を短時間に奪うには充分すぎた」

「じゃあ、例の毒殺魔が犯人なのですか」

私は、驚き気味に尋ねた。

「その可能性は高い。当時、私はそう思った。念のために言うが、突き刺さった刃の角度と深さからして、短刀は投げられたものではない。自殺でもない」

「庭に、ロープやワイヤーを張って、犯人がそれを使って被害者に近づいたということは？」

「それもない。とにかく、庭全体を調べたが、積雪の乱れや怪しい所はいっさいなかった」

「ウサギの足跡とか、ポツポツとした穴のようなものも？」

「いっさいない」

「空中から、気球などで被害者に近づいたということは？」

「無理だ。あの戦争時に、一般人がそのような物を手に入れる手段はなかった。どの道、ロープや気球を使ったら、人目に付くし、被害者に警戒されただろう」

死体の転がった雪景色。まっさらな処女雪の上に流れる赤い鮮血。犯人の足跡なき殺人――その惨劇の状況を想像するだけで、私は恐怖を感じたし、気持ちが悪くなった。

思案顔だった蘭子は、中村警部に尋ねた。

「その日、雅宮家の人間は揃っていましたか」

「ああ、全員がいたよ」

「琴子の夫の、浅井重吉もですか」

「彼もだ。私は、後で浅井とも話をしている」

「それでは、警部は玄関で、その人の杖を見ませんでしたか」

蘭子が急に変な質問をしたので、彼は戸惑った。

「杖だって？」と、訊き返しながら、中村警部は思い出そうとした。「――残念だが、覚えていないな――杖がどうかしたのかね、蘭子君」

「浅井は足が悪かったと聞いたので、たぶん杖を使っていただろうと推測したのみです。というのも、チェスタートンのある短編のことを思い出したものですから。杖というのは、それ単体で、暖炉の火掻き棒のように、推理小説の中では役立つものですからね」

そう言って、蘭子は意味ありげに微笑んだ。

G・K・チェスタートンはイギリスの作家で、『ブラウン神父』シリーズという有名な短編推理小説を発表した。蘭子が言ったのは、その内の一作に出てくるトリックのことだろう。

中村警部は困惑気味に、

「確かに、浅井は杖を突いて歩いていたが、それが玄関に置かれていたかどうかは覚えていないな――何故、気になる？」

「杖の先にナイフを結び付けるなどして、刺すという方法を思い浮かべてみたのです。これなら、杖と腕の長さを合わせて、二メートルほど離れた所からでも刺せますもの」

「だとしても、前庭に、犯人の足跡が残ったはずだ」

「そうですわね」と、蘭子はその案を簡単に引っ込めた。「――凶器の出所などはつかめましたか」

「うむ。あの短刀は、江戸時代に、武家の女が懐中にひそませていたような小型の匕首だった。雅宮清乃が凶器を見て、自分の家に伝わる品だと認めたよ。誰かが、置き場所からこっそり持ち出したようだ。だから、〈久月〉の人間が犯人である可能性は高まった。清乃が言うには、それは翡翠姫――〈血吸い姫〉の短刀で、形見として雅宮家に代々伝わってきたものらしい」

「〈血吸い姫〉の？」

蘭子の眉がピクリと動いた。

「うむ」

と、難しい顔で、中村警部は頷いた。

「その他に、解ったことがありますか」

「短刀の刃渡りは十センチくらいで、かなり薄いものだった。刺し傷は、首の付け根と耳の中間にあった。刃の先が、頭上から下半身方向に向かって斜めに突き進んでいる。そして、やや右に傾いていた。十度くらいだ。

つまり、犯人は、被害者と同程度の背丈の人間だ。そいつは被害者の真後ろに立ち、凶器を逆手に握って振りかぶると、首筋めがけて強く振り下ろしたのさ」

「では、加害者は右利きですわね」

「〈久月〉の人間は全員、右利きだった」

「加害者が、男か女か推定できましたか」

「それはできなかった。切っ先は鋭いので、女性でも犯行は可能だった」

「死亡時刻は？」

「鑑識が死体を調べた時、顎のあたりに少し死後硬直が起き始めていた。だから、午前十一時四十分から五十分の間くらいだろう。私が〈久月〉へ来たのが午前十一時二十分頃だから、その後に被害者もやって来て、あそこで殺されたのだな」

健康な人間の死後硬直は、死後、二時間から四時間で現われる。それも、頬や首の方から順番にだ。ただし、寒い所では、それがやや遅れる傾向がある。

蘭子は、襟元の巻き毛にまた指を絡めた。

「それぞれの足跡の深さを教えてください」

中村警部はメモを確認しながら、

「だいたい一定で、約二、三センチ。ただし、雪が降り続けていたので、私の足跡はかなり形が崩れていたし、被害者の足跡も少し輪郭がぼやけていた。どちらにしろ、大人の体重なら、雪の沈む量はほぼ一定で、差が出るほどの積雪量ではなかった」

「被害者の足跡の形状と付き方は？」

中村警部は、足跡を写した白黒写真を蘭子に渡した。

「足跡の歩幅は約四十センチ。死者の身長から導き出される歩幅と適合する。被害者の背丈は一メートル六十五センチ、体重は五十五キロほど。つま先方向が微妙に深くなっていたが、それは、地面の傾斜が高い方へ向かって歩いていたからだろう。あるいは、雪が顔に当たるので、前屈みになって歩いていたからだろう」

中村警部が答えれば答えるほど、足跡の謎は深まった。

その他、二重に踏まれた足跡ではない、後ずさりして付いた足跡ではないと、すぐに思いつく足跡トリックはすべて否定された。

蘭子は少し考えてから、

「警部。犯行に使われた短刀には、指紋は付着していましたか」

「指紋は検出されなかった。たぶん犯人は、手袋をはめていたか、布にくるんで凶行に及んだのだろう」

「短刀の鞘は見つかりましたか」

「翌日、発見した。漆塗りの小さな稍で、裏の雑木林の中に捨ててあった。鞘の表面にも指紋はなかった」

「被害者の身元確認は？」

「身分証も金も持っていなかった。鑑識の調べが終わると、玄関の隣にある前座敷に死体を移した。京本警部補は家の人間を全員呼び、その顔を見せた。子供二人は別としてね。だが、誰も、知っているとは名乗り出なかった。けれども、これは後で嘘だとばれた。浅井重吉を除くと、ほぼ全員が、被害者が誰か知っていたのだよ」

「どうして、嘘を？」

「理由は簡単だ」と、中村警部ははっきり言った。「実は、長女の紘子には、橘大仁に嫁ぐ前に、別に好きな男性がいたのだよ。殺された兵隊――井原一郎が、まさにその恋人だったのだ。

実を言えば、紘子は十六歳の時に、彼と駆け落ちをしている。雅宮家の人間は、そのことを隠そうとして、警察に黙っていたのさ」

2

中村警部はメモをめくり、目を細めた。

「紘子が十六歳、井原一郎が二十一歳の時だ。一九三八年（昭和十三年）三月に、若い二人は手に手を取って、逃避行に出た――しかし、二人の駆け落ちは三日で終わった。彼らを引き離したのは、紘子の母親、清乃だった。彼女は、娘の勝手な恋愛を許さなかった。清乃は小川清二に頼み、駆け落ちした二人を関西まで追わせた。彼は若い頃に、八王子の遊女屋で女衒をしていたから、人の追跡や尾行や恐喝などはお手のものだった。

彼が紘子を見つけて、家に連れ戻した。当然のことながら、それらのことは世間には内緒で、ひそかに、迅速に行なわれたのだ。

清二と紘子が家に戻ると、清乃は紘子を連れて、小川夫婦が営んでいた伊豆の旅館へ身を隠した。それは、紘子を井原から遠ざけるためで、娘の不祥事を世間から包み隠すためでもあった。

その頃、清乃は末娘の笛子を身ごもっていた。だから、表向きは、自分が保養するために伊豆に行く、介添えとして紘子を連れていく、そう言って世間を謀《たばか》ったわけだ」

すると、蘭子は目を輝かせて頷いた。

「なるほど。紘子と橘大仁の縁談のために、清乃はいろいろと画策したのですね」

「橘大仁は、荒川神社の神主であると同時に、伊沢村における大地主だった。〈久月〉の敷地も、橘家の土地なので、娘の紘子が大仁と結ばれることが、清乃の前々からの希望であり、計画だったのさ。

そうすれば、その敷地が雅宮家のものになるし、橘家は名士だったから、自分たちも株が上がる。それに、雅宮家に新しい血が入る。したがって、娘の、井原との勝手な恋愛などはもっての他だった」

「それで？」

「紘子と大仁は、翌年、昭和十四年の二月に婚礼を挙げた。三年後の昭和十七年に大仁が病死すると、橘家が所有していた土地の半分が、遺言があったとかで、未亡人となった紘子と、娘の冬子に譲られたのだ」

「旅館を潰した小川夫婦が〈久月〉に拾われたのも、その時の恩やしがらみのためなのですね」

と、蘭子は得心がいった顔をした。

「まさしくな」

「話は違いますが、橘大仁の病死については、何か調査をされましたか――死因とかを？」

と、蘭子が気になったように尋ねた。

「後で調べたよ。大仁を看取った医者から、カルテを提出させて確認した。それによると、大仁の死因は破傷風だった。薪を割っていて怪我をし、それが悪化して死亡したのだよ」

「雅宮清乃の夫、秀太郎という人が死亡したのは、何年ですか」

「昭和十五年だ。彼は肺病――労咳というやつにやられた。戦前は抗生物質のような良く効く薬がなくて、ほとんど死病に近かった」

「大仁と秀太郎の死に疑念は？」

「別にないな」と、中村警部は否定した。「怪しむ節はぜんぜんなかった。だが、清乃は、『〈血吸い姫〉の祟りのせいか、雅宮家の男は、何故か早死にするんですよ……』と言い、悲しそうな顔をしていた」

蘭子は何か思案すると、

「井原と紘子は、どこで知り合ったのですか」

「実は、あの二人は又従兄妹《またいとこ》同士なんだよ。井原の母親と清乃の夫が従姉弟《いとこ》だった。井原家は、八王子でもまあまあの大きさの造り酒屋だった。それで、子供の頃から二人は顔見知りだったのさ。

駆け落ちした時、彼はすでに旧制中学を卒業して、家業を手伝っていた。井原は、恋人の紘子よりも五つ年上で、なかなかの伊達男だったらしい」

蘭子は胸元まで垂れた巻き毛を、指でもてあそんだ。

「となると、二人の関係が、井原殺しの動機に繋がりそうですわね。橘大仁が死に、その弟の醍醐と紘子との結婚話が出ていた。そこにまた、昔の恋人が出て来たので、誰かが邪魔に思い、殺して排除したということなのでしょうね」

中村警部は、大きく頷いた。

「そうだな。我々警察もそう考えたよ。だから、やはり犯人は、〈久月〉の中の誰かだろうともね――」

3

「事件が起きたと思われる時間に、〈久月〉の人々はどこにいましたか」

と、蘭子は中村警部に尋ねた。

「清乃は、奥の客間で軍人たちの相手をしていた。しかし、その内の一人は彼女のパトロンだから、証言は当てにならない。

紘子は、あの時ほぼ私と一緒にいたが、他の者を呼びにいったこともあったから、完全なアリバイはない。

琴子は、料理人を手伝って、厨房で昼食を作っていた。

小川ハマは、厨房と客間の手伝いをしていた。たまたま笛子を連れて玄関を覗いた時に、死体を発見したばかりの紘子に呼び止められ、外の異変を知ったと言っていた。

琴子の夫の浅井は、自室で読書をしていた。

冬子は、風邪を引いて自室で寝こんでいた。

小川清二は、裏で風呂の掃除をしていたそうだが、その姿を見た者はいない。だから、一番怪しいのは清二だった。

「荒川神社の橘醍醐にも、話を訊きましたか」

「ああ。聞き込みはした。彼には年老いた両親がいるが、全員が家の中にいたという答だった。その点で不審なところはなかった」

私は首を傾げ、蘭子に尋ねた。

「何故、橘醍醐のことを気にするんだ？」

「紘子との結婚話が出ている時に、彼女の昔の恋人が現われたのよ。彼が嫉妬から井原を殺した、ということもあり得るわ」

と、彼女はあっさり答えた。そして、資料の中から死体の写真を取り出し、中村警部に確認した。

「被害者が兵隊だということは、軍服から解ったのですか」

中村警部は、髭を触りながら、

「そうだ。それで陸軍に問い合わせた。すると、井原は脱走兵で、軍でも行方を捜していたところだと連絡が返ってきた」

「彼が軍隊へ入ったのは、いつ頃ですか」

「井原は、駆け落ち騒ぎの後ですぐに徴兵されている。私の想像だが、清乃がパトロンの秋山に頼み、井原が軍に取られるように手を打ったのではないだろうか。

実を言えば、あの殺人事件が未解決となったのは、軍人たちのせいでもあるんだ。秋山は、憲兵を通じて警察に圧力をかけてきた。事件の翌日、強面の憲兵が三多摩署にやって来て、脱走兵に関することは自分たちの管轄《かんかつ》だと言い、藪から棒に捜査の打ち切りを命じたのさ。しかも、死体まで奪っていったんだ」

「何故、そんなことを？」

「たぶん、秋山は、清乃と〈久月〉を守ろうとしたのだろう。それと、彼自身があの日、〈久月〉にいたことを公にしたくなかったに違いない」

「その軍人たちに不審な点は？」

「特になかった。秋山のような将校が、一兵卒を短刀で殺害することなどあり得ない。彼の地位なら、他のいろいろな方法で井原を始末できたはずだから……」

中村警部は当時の気持ちを思いだしたのか、憤慨したような顔になった。

蘭子は質問を続けた。

「井原は、何故、軍隊を逃げ出したのですか」

「戦地で死にたくなかったのさ。理由は、彼の配属された部隊が、沖縄方面へ派遣されることが決まったからだろう。

あの頃、戦争における日本の敗色は濃厚だった。サイパンやテニヤン、グアムでの玉砕、レイテ沖海戦での大敗さえも一部では公然の秘密だった。敗北の噂も増え続けていたから、一度内地を離れて最前線に送られたら、もはや生きては帰れない。そう井原は考えたのだろう。それで部隊を脱走したわけさ」

「井原が〈久月〉へ来たのは、恋人の紘子に会うためなのですね」

「それともう一つ、特別な理由があった」

「何です？」

「私は、井原の部隊の駐屯地まで出かけていった。そこで、山村という名の井原の友人に会った。彼は井原から脱走を持ちかけられたが、断わったと言った。それで井原は一人で逃げることにしたのだが、その間際に、自分が脱走する真の目的を告げていた。

死ぬ前にあと一度だけ、引き裂かれた恋人と会うこと。それから、紘子が生んだ自分の娘を一目だけでも見ておきたい――とね」

4

今夜、中村警部の話は驚くことばかりだったが、これは、かなり衝撃的な情報だった。

蘭子も驚きに軽く目を見開き、

「――それでは、冬子は、紘子と橘大仁の娘ではなくて、紘子と井原の子供だったのですか」

と、ゆっくりとした口調で尋ねた。

中村警部の声には、同情の念が含まれていた。

「そうだ。雅宮家の、あの病弱で美しい子供。冬子の誕生に関しては、そんな暗い秘密があったのだよ。

びっくりした私は、山村に子供の名前を確認した。すると、何か純朴で古風な名前だったと記憶していた。私が〈冬子〉かと尋ねると、彼は確かそうだと頷いた」

「清乃や紘子に、その件を尋ねましたか」

「もちろん、確認したさ。最初は否定したが、私がしつこく問い詰めると、清乃も最後には、長女の不始末を認めたよ。冬子は、紘子が駆け落ちした時にできた子供だとね」

「とすると、そのことが、犯行動機となりますわね」

と、蘭子はやや興奮気味に指摘した。

「そうなんだ」と、中村警部も強く同意した。「私も、清乃の告白によって、井原一郎殺しの動機が説明できると思った。

もしも、橘醍醐に、姪の冬子が本当は兄の子供ではないと知られてごらん。雅宮家は、大仁の死によって得られた土地や財産を、すべて取り戻されてしまう。少なくとも、血の繋がらない冬子の相続分は、返却せねばならないだろう。しかも、当然のことながら、醍醐と紘子の結婚も取りやめとなるに決まっている」

「つまり、井原は、口封じのために殺されたと？」

と、私は確認した。

「そうだ、黎人君。私はそう確信した」

中村警部は、きっぱりと断言した。

「しかし、井原が軍隊を脱走したことを、雅宮家の人間は知っていたのですか。そうでないと、彼を殺す計画を立てられませんよね。それとも、偶発的な殺人だったのでしょうか」

「雅宮家の人間は、井原の脱走を知っていた。少なくとも、清乃は知っていた。というのも、彼が偽名を使って紘子に送った手紙を、清乃が先に手に入れていたからだ。

静岡に駐屯する部隊を脱走してから、井原が〈久月〉に来るまで、四日間かかった。彼は脱走してすぐに、手紙を投函したようだ。そして文面では、彼が殺されたあの日に、八王子で、紘子に会おうと持ちかけていた。

清乃が言うには、小川清二を通じて井原に金を渡すつもりだった。手切れ金を与え、紘子には会わせず、どこかに追いやる予定だった――そう弁明したが、本当かどうか疑わしいな」

「清乃は、その手紙をいつ入手したんですか」

「前日の夕方、配達されたと言っていた。そして、紘子には見せずに燃やしたとも」

「どちらにしろ、殺人という最悪の結果になってしまったわけなのですね」

と、蘭子が気の毒そうに言った。

中村警部は、彼女に視線を戻した。

「そういうことだ、蘭子君。そして、犯人が誰かということも重要だったが、あの足跡のない殺人が著しい障害になった。犯行方法はまるで解らず、奇異な謎だけが、我々警察の前に立ち塞がってしまった。

一つ言えることは、それ以降、例の毒殺魔は現われなくなった。井原一郎が死んだことで、当初からの目的を達したかのように――」

第五章◉恐るべき真相

1

部屋の中が寒くなってきたので、私は暖炉の火を強くした。蘭子は、ココアを人数分、持ってきた。腰掛け直して、温かい飲み物を口にしてから、中村警部が蘭子に尋ねた。

「――どうだね。この不可解な殺人の謎を解けそうかね。君たちの大好きな推理小説の中に、何かヒントがあるだろうか」

蘭子はカップを置き、軽く微笑んだ。

「ジョン・ディクスン・カーの作品の一つに、よく似た足跡ものの事件がありますわ」

「本当かね」

と、中村警部は興奮気味に言った。

「はい。『テニスコートの殺人』という作品ですわ。ある男性が、雨が降って濡れたテニスコートの真ん中で、首を絞められて殺されています。ところが、現場に残っている足跡は被害者のものしかないという、摩訶不思議な状況が示されるのです。

別の人間の足跡が被害者の側まで往復していますが、これは犯人のものではありません。倒れている人間の様子を見るため、事件の第一発見者が近寄ったものでした」

「おいおい、何だって!」と、中村警部は飛び上がらんばかりに言った。「それじゃあ、確かに〈久月〉の事件とそっくりだ! どういう真相なんだ　その推理小説のトリックは、〈久月〉の事件でも使えるのかね」

蘭子は冷静な顔で、かぶりを振った。

「残念ながら、使えません。その作品の原題は、直訳すると『金網の問題』という意味になります。つまり、テニスコートのまわりにある金網の柵が、このトリックを成立させるためには、どうしても不可欠なのですわ」

「ううむ。〈久月〉の前庭には、そのような物はなかった。せいぜい門や高垣ぐらいだ」

と、中村警部は悔しそうに言った。

蘭子は、彼を慰めるように、

「そんなに悄気《しょげ》ないでください、警部。『テニスコートの殺人』のトリックが使えないということが解り、余分な要素を排除できたので、私は正しい推理を完全に組み立てることができましたから」

「では、足跡の謎が解けたのかね」

中村警部が顔を明るくし、大声を出すと、蘭子は自信に満ちた笑みを返した。

「ええ、解けましたわ。あの殺人に用いられたトリックはとても恐ろしいものです。物事や現象は表層だけでは判断できないので、裏面をしっかり見る必要があります」

「具体的に教えてくれ！」

「足跡トリックの説明をする前に、一つ確認しておきたいことがあります」

と、蘭子は断わり、私の方を向いた。

「――黎人。調べてちょうだい。図書室にある画集を見てほしいの。藤岡大山が油絵の〈富士美人図〉を描いた時期を知りたいわ」

「解った」

頷いた私は立ち上がり、棚から、美術全集の該当する巻を取ってきた。

蘭子は、中村警部にも頼み事をした。

「警部。雅宮家の三女の笛子と、紘子の娘である冬子の誕生日を教えてください」

「笛子が一九三九年――昭和十四年――一月七日。冬子が一九三九年――昭和十四年――十二月二十九日だよ」

「黎人？」

私は画集の説明書きを読みながら、説明した。

「うん。藤岡大山が〈富士美人図〉を制作したのは、一九三九年――昭和十三年――の夏だ。デッサンや下絵を描いたのは、富士山の見える西伊豆の〈小川荘〉という旅館だ。そして、東京のアトリエに帰り、暮れに完成した。彼は翌年の〈桔梗展〉にこれを出品して、大賞を得ている」

「〈小川荘〉は、小川夫婦の営んでいた旅館だぞ」

と、中村警部が指摘した。

蘭子は頷き、嬉しそうに微笑んだ。

「これで、犯行動機が明確になりましたわね。しかも、その起点は、雅宮家が隠していた秘密にあることも解りました。

それが何かと言えば、三女の笛子は、本当は清乃の娘ではなかった。実は、長女の紘子と井原一郎の子供だったということですわ」

「何だって」

「本当か」

驚きのあまり、中村警部と私は口々に叫んだ。

「ええ、間違いありません。冬子が生まれたのは、昭和十四年十二月の末。すると、母親の紘子が彼女をお腹の中に宿していたのは、その前の十ヵ月間ということになります。紘子が橘大仁と結婚したのが昭和十四年二月のことですから、結婚してすぐに子供ができたわけです」

「うむ。そうだな」

中村警部は難しい顔で、相槌を打った。

「〈小川荘〉に滞在していた藤岡大山は、妊婦姿の紘子をモデルにしてあの絵を描きました。その時期は、昭和十三年の夏のことです。

皆が知っているところによれば、胎児の冬子が母親の紘子のお腹にいたのは、昭和十四年のことです。なのに何故か、紘子の妊娠姿を、この画家は昭和十三年に描いています。すなわち、〈富士美人図〉に嘘がないならば、嘘があったのは、紘子の妊娠時期の方です。そして、妊娠そのものは嘘ではないわけですから、この矛盾を正しく説明できるのは、彼女が二年にわたって、二度の妊娠をしたという事実しかありませんわ」

「つまり、紘子は、笛子を十四年の初めに生み、橘大仁との子供を十四年の暮れに生んだ

——ということか」

「昭和十三年の三月に、清乃は娘の紘子を連れて、伊豆の〈小川荘〉に行きました。これはもちろん、結婚前の娘の不祥事が世間に漏れ、醜聞が立たないようにする方策でした。そして表向きは、清乃が三人目の子供を妊娠したので、その保養に行くのだと偽りました。

真実は、この時に妊娠していたのは清乃ではなく、娘の紘子の方だったのです。井原と駆け落ちをした時に、紘子は彼の子供をお腹に宿しました。

紘子は、昭和十四年の一月に、ひそかに伊豆で笛子を生み落としました。この子供は、戸籍上、雅宮秀太郎と清乃の三女として処理されました。そして、二月に橘大仁と結婚した紘子は、すぐまた懐妊し、同じ年の十二月に冬子を生んだわけなのです」

「だが、何故、世間体があるにしろ、清乃はそこまで……」

と、中村警部が混乱した顔で言うと、

「清乃にとって、紘子と橘大仁との結婚がとても重要だったからですわ。雅宮家と〈久月〉の盛衰が、その縁談にかかっていたのです。忌まわしい血の流れる遊女屋という仕事を廃業し、高級料亭として成功するには、橘家の財力の援助と、新しい血の流入がどうしても必要だったわけです」

「だから、井原一郎は殺されたのか。笛子の出自をばらされないように」

「だと思います。紘子の過去の汚点が、逃亡兵の井原の存在によって暴露されたら、清乃にとっても〈久月〉にとっても致命的であり、元の木阿弥です。

また、小川清二とハマの夫婦が、ずっと雅宮家に寄生できたのは、この秘密を握っていたからでしょうね」

中村警部は、額の脂汗を手の甲で拭った。

「待ってくれ、蘭子君。私が駐屯所で会った井原一郎の友人は、彼の娘は〈冬子〉だと言っていたぞ」

すると、蘭子はやや遠慮がちに言った。

「あれは、中村警部自身の誤解でした。友人は、ただ単に、井原の娘の名は『古風な、あるいは和風なものだった』と述べただけです。それを聞いて、警部が勝手に、井原の娘は冬子だと思い込んでしまいました。〈笛子《ふえこ》〉と〈冬子《ふゆこ》〉という名前は、音が一文字違うだけで似ていますからね。

同じく、雅宮家の火事の後に、紘子から来た手紙の件があります。あれには『自分の娘が〈血吸い姫〉の生まれ変わり』と書いてあったそうですが、それは冬子のことではなく、先に産んだ笛子のことだったのです」

中村警部は驚きに喘ぎながら、肝心なことを尋ねた。

「しかし、実際に被害者を殺したのは誰なんだ。それから、足跡を雪の上に残さずに殺害した方法は？」

「想像にはなりますが、殺人の指示を出したのは清乃で、それを命じられたのは小川ハマでしょう。そして、実際に手を下したのは、あの六歳かそこらの子供――〈血吸い姫〉の生まれ変わりである――笛子でした！」

と、蘭子は強い口調で訴えた。

「何だって　笛子が」

と、中村警部が驚きの声を上げた。

私も驚きすぎて、言葉も出なかった。

2

蘭子は、目を細めて、ショックを受けている中村警部と私の顔を見た。

「笛子が、井原一郎の殺害犯です。そして、伊沢村に現われ、中村警部を悩ませた毒殺魔なのでした」

「ほ、本当かね」

と、中村警部は目を泳がせて言った。

「コンスタンス・ケントの例を持ち出すまでもなく、子供というのは善悪の判断が曖昧で、意外に残虐な性格を持っているものです。子供はよく、カエルや蜥蜴や蝶蝶を捕まえて、簡単に殺しますよね。人間は皆、そういう原罪的な悪の心を持って生まれてきますから、私たちは社会生活に適合できるように、教育で子供の心を矯正していくわけです。

ですが、きっと清乃とハマは、笛子の情操教育や道徳教育を放棄したか、あるいはむしろ、悪の側面を育てていったに違いありません。常々、『お前は〈血吸い姫〉の生まれ変わりだ』などと言って聞かせ、笛子の心を歪ませたわけです。そのため彼女は、ハマの毒草を使って、面白半分に、近隣の家畜や動物を殺害していたのです」

「恐ろしい話だ」

「ええ。ある意味、笛子という女の子そのものが、毒のような凶器だったわけです。紘子が残した手紙に『不憫』とも書いてあったのは、笛子が先天的に精神病質者《サイコパス》だったからではないでしょうか」

蘭子の冷たい言葉に、私もおののきを隠せなかった。

「しかし、そうなると、笛子は自分の父親を殺したことになるな」

「そうよ、黎人。でも、彼女がそのことを知っていたかどうかは解らないわ」

中村警部はゴクリと唾を飲み込み、

「それで、どうやって笛子は、雪の上に足跡を残さず、井原一郎を殺したのかね」

と、先送りしていた問題に関して尋ねた。

蘭子は、彼の方へ視線を向けた。

「あの前庭には、〝三次元の死角〟がありました。そこに笛子は隠れていたわけです。それで心理的に、警部には彼女が見えませんでした。

また、子供には、子供特有の特徴があります。身体的な面で言えば、大人よりも身長が低くて体重が軽い。女の子ならなおさらです。

私はこの特徴が、あの不可思議な謎を解く鍵だと考えました。大人にはできなくても、小さな子供にならば、あの犯行が可能だったのではないかと考えました」

「何度も言うが、被害者は、背後から直に襲われたんだぞ。短刀という凶器で――」

中村警部は、逆手に持ったナイフを突き刺す真似をした。

「解っています。〈血吸い姫〉の短刀は、犯人である笛子の手で直に振り下ろされました。そして、笛子は、あの殺人の瞬間に被害者のすぐ側にいたのです。笛子は、前庭におけるたった一つの死角を利用して、被害者を殺害したのですわ」

「どこに、その死角があったんだ？」

首を傾げる中村警部に、蘭子はきっぱりと返事をした。

「誰一人として気がつかなかった〝三次元の死角〟。それは――子供一人が、ようやく立てるだけの小さな場所ですが――その死角とは、被害者の背中の上でした！」

3

私と中村警部は、啞然となった。

一瞬の沈黙の後、恐怖と混沌の世界に、ようやく光明が差したことが解った。

蘭子は、噛んで含むように言った。

「犯人である笛子は、殺人を犯すまでの間、その被害者である井原一郎の背中におぶわれていました。しかも、門の外からずっと、合羽を被った彼女は井原の背中の上にいて、二人は一緒に、山の麓から〈久月〉目指して小道を上がってきたわけなのです」

「せ、背中だって」

目を見開いた中村警部が、絶句した。

「そうです」と、頷いた蘭子は、「笛子は、雪が降りだす前に、一人で山を下りていたのでしょう。警部が荒川山の小道に入った時、彼女はどこかそこら辺の木の陰か、道端にいたに違いありません。

たぶん、笛子は、小川ハマから毒を塗った短刀を渡され、これこれこういう男を見つけたら、それで殺しなさいと命令されていたのでしょう。

雪が降っている中、中村警部が通り過ぎ、それから少しして井原が来て、笛子は彼を見つけました。これは想像ですが、井原は笛子が恋人の紘子に似ているため、雅宮家の者だと即座に解ったのではないでしょうか。

井原は、紘子に会うために〈久月〉へ行くところでした。ですから、ひとりぼっちで雪降る中にいるその子供に話しかけ、名前を訊きました。笛子が名乗ると、井原は自分の子供だと確信したはずです。

井原がその場で、父親であると告げたかどうかは解りません。笛子に自分が着ていた合羽をはおらせ、おんぶをすると、〈久月〉に向かって歩きはじめました。小道を登っていき、その途中で、紘子のことを中心に、いろいろなことを語りかけたと思います。

悲劇が起きたのは、彼らが〈久月〉の敷地に入り、あの前庭のほぼ真ん中まで来た時でした。

笛子は、持っていた短刀を着物の中から取り出し、鞘から抜きました。そして、猛毒が塗られたその短刀を、躊躇なく井原の首筋に突き刺したのです。

彼は、自分の身に何が起きたのかも理解できなかったでしょう。ほとんど即死でした。彼はそのまま雪の中に倒れ伏し、簡単に絶命したのです。その間もずっと、笛子は彼の背中にしがみついていました。

ですから、殺害現場の前庭には、どこにも犯人の足跡はありませんでした。加害者は、被害者によって現場まで運ばれてきたからです――これが、あの恐るべき白い魔術の真相なのです、警部」

それは、想像するだに恐ろしく、そして、ひどく無気味な状況だった。無邪気な子供が、他愛のない悪戯をするかのように、呪われた短刀を振り回し、やすやすと大人を刺し殺してしまったのだから――。

「……しかし、本当に、あの娘が……」

と、中村警部は青い顔をして、呟いた。

さすがの蘭子も、やや悲痛な面持ちで、

「笛子が、何を考えていたかは解りません。どうしてすぐに井原を殺さず、前庭で犯行に及んだかもです。さすがの彼女もためらっていて、玄関が見えた時に、ハマの命令を急に思い出したのかもしれません」

　中村警部は、神経質に目を瞬いた。

「だが、井原を殺した後、どうやって笛子は現場――彼の背中――を去ったんだ。あの娘が死体から逃げ去る足跡はなかったぞ」

「たぶん、ハマが笛子を回収したんですわ」

　と、蘭子は即座に答えた。

「えっ？」

「中村警部と応接室で話をした後、ハマは玄関へ行きました。取り次ぎを通って、台所の方へ行くためです。その時、外に人が倒れていて、その背中に、男物の合羽を被った笛子がのっているのに気づいたのです。

　ハマは急いで雪駄を履き、そこまで駆けていき、笛子を抱き上げました。そして、痕跡を消すためか、雪を少し死体の上にふりまき、玄関へ走り戻ったわけです。

　そこに、紘子が通りかかりました。ハマと笛子は取り次ぎに上がり、代わりに、紘子が雪駄を履いて、外の様子を見ようとしました。すると、彼女らの切羽詰まった話し声を聞いて、中村警部が怪訝に思い、応接室から出てきたのでした。

　幼い少女だった笛子は体重も軽く、彼女をおぶった井原や、抱いたハマの足跡をそれほど深く沈ませることもありませんでした。ですから、加害者である笛子は、一度も自分の足を地面に着けることなく、あの残虐な殺人を成し遂げたわけです。

——中村警部。これが、二十四年前の、あの不可能犯罪の真実であり、完全な答ですわ」

蘭子はしっかりと語り終えた。だが、私と中村警部は精神的な動揺が激しく、しばらく口を開けなかった。

「……なるほど。そうだったのか。まさしく、盲点だった……」

と、中村警部は弱々しい声で呟いた。

蘭子は頷き、私たちの顔をまっすぐに見た。

「奇跡や魔術などというものは、本来、とても単純な欺瞞の上に成り立っているものですわ。ただ舞台の下にいる私たちには、その奇跡の表側の部分しか見ることができないので、真実を見抜けないのです。もしも、舞台横から演技を眺めることができたら、奇術師が、観衆を引きつけている手とは反対の手で、その瞬間にも、次の手品の種を用意していることが解るでしょう。

それは、〈久月〉で起きた事件でも同じことですわ。前庭で起きたことをすべて見ている人がいれば、不思議でも何でもありません。ですが、運命や偶然は悪戯なものです。

あの日、東京では珍しく雪が降りました。井原一郎が軍を脱走し、紘子に会うために〈久月〉にやってきました。伊沢村の毒殺魔を探して、中村警部も〈久月〉を訪問していました。

こうしたすべての要素が密接に絡み合って、結果的に、〈犯人の足跡がない殺人〉という不可能犯罪が生じてしまったわけです」

蘭子はそう言うと、視線を窓の方へ向けた。

外では二十四年前と同じく、冷たい雪が静かに降っていた……。

好事家へのノート

この短編集は、期せずして、ジョン・ディクスン・カー（カーター・ディクスン）のパステーシュ（擬作）二編＋特別付録というような形になった。その生成過程は、以下の個々の解題を見てもらえたら解るはず。
また、その二編のパステーシュを支援するため、カーについての解説を二つ加えた。これらによって、不可能犯罪の巨匠・カーの魅力が少しでも読者に伝われば幸いである。

◉「吸血の家［短編版］」
◉「霧の悪魔」

この両短編は、島田荘司先生が進めておられる〈ＥＱＭＭプロジェクト〉用に書き下ろしたもの。〈ＥＱＭＭプロジェクト〉に関しては、島田先生のツイッター（https://twitter.com/s_s_kingdom）や、島田荘司監修「本格ミステリー・ワールド　２０１５」（南雲堂）を参照のこと。

アメリカ側の編者であるジョン・パグマイヤー氏が、私の長編『吸血の家』の中に出てくる足跡トリックを気に入っていて、できればそこだけクローズアップした短編版を「ＥＱＭＭ」に載せたいとリクエストしてくれた。そう聞いたので、ダイジェスト的になるが、足跡もののメイン・トリックを中心に「吸血の家［短編版］」を書き下ろした。

実は、私や島田先生は、拙作の短編「ロシア館の謎」という家屋消失ものの短編を推薦したのだが、権利の問題で、新作を書いてほしいという話だった（枚数も、原稿用紙換算百枚以内）。どうも、以前、ある日本の作家の作品を「ＥＱＭＭ」に載せようとしたところ、日本の出版社と権利問題で揉めたので、かなり懲りたようなのである。

「吸血の家［短編版］」を送った後、パグマイヤー氏の方から、長編『吸血の家』にあるもう一つの足跡トリックで、もう一作、書いてほしいと言ってきた。

だが、もう一つのトリックは副次的なもので、メイン・トリックとの対比で生きてくる仕掛けであり、それを中心に短編を書くのはちょっと難しいと思った。

そこでいろいろと考え、そのトリックをひっくり返し、さらに密室トリックも付け加え、新作として書いたのが「霧の悪魔」である。よって、この短編は、不思議な足跡がテニスコートに残っている以外は、長編『吸血の家』とは何の関係もない。イギリスを舞台にしたので、探偵役には、ディクスン・カー（カーター・ディクスン）の名探偵ヘンリー・メリヴェール卿に登場してもらった。

なお、「吸血の家［短編版］」は、この本への収録の前に、島田荘司・監修「本格ミステリー・ワールド　2015」（南雲堂）に掲載されている。

◉「亡霊館の殺人」

二〇〇六年に東京創元社から出た、『密室と奇蹟　J・D・カー生誕百周年記念アンソロジー』のために書き下ろした中編。私以外の顔ぶれは、芦辺拓、加賀美雅之、小林泰三、桜庭一樹、田中啓文、柄刀一、鳥飼否宇という大変豪華なものだった。

自画自賛するようで恐縮だが、なかなかよく書けた作品だと自負している。密室トリックも独自性があるし、カーの『爬虫類館の殺人』のような目張り密室なので、堅牢性も充分だ。登場人物の性格付けや犯行動機、そこから生まれた物語も、いかにもディクスン・カーが書きそうなものに仕上がった。

以下は、そのアンソロジーに、作品と共に寄せた〈自作解題〉である。


〈自作解題〉

（内容に触れていますので、御注意ください）

「亡霊館の殺人」には、雪の上の足跡なき殺人と、鍵と紙テープによる密室殺人の、二つの不可能犯罪が出てくる。後者は私の完全なオリジナル・トリックだが、前者は、ポール・アルテの長編に出てきた不可能状況を再設定して用いた。というのも、あの長編のトリックでは、初歩的な法医学を無視していたからだ。オースチン・フリーマンの頃ならともかく、カー以降の年代による作品で、あのような単純な見落としはいくら何でも杜撰だと思う〔注1〕。

それで、きちんとした形でトリックを解決してみせる必要性を感じた。故に、本作における足跡なき殺人は、アルテによるトリックの改良版という位置づけになる。

今回も、探偵役としては、不可能犯罪の巨匠ヘンリー・メリヴェール卿を選んだ。以前にも、「赤死荘の殺人」というカーの擬作短編を書き、やはりＨ・Ｍに登場を願っている。この短編は、『名探偵の肖像』（講談社文庫）という短編集に入っているので、合わせて読んでいただけたら嬉しい。

「亡霊館の殺人」という題名も、「赤死荘の殺人」という題名と文字数や字面を揃えてある。英題なら、《THE HAUNTED PALACE MURDERS》というふうになるだろうか。

（注1）ナイフを直に刺したものか、投げて刺したものか、医学的な知識のある者なら簡単に判別ができる。

◉「カーは不可能犯罪ものの巨匠だ！」

早川書房の「ミステリマガジン」二〇一四年九月号で、〈カーと密室〉という特集が組まれ、それのために書いた文章である。

カーが発表した長編の内、密室ものはいくつあるのか。それについては、カーの後期の長編『仮面劇場の殺人』が一九九七年に原書房から単行本として出た時に、解説で調べたことがある。それを元に仕上げたカーの紹介文がこれなのだ。

◉『パンチとジュディ』について

早川書房のミステリ文庫から、カーの『パンチとジュディ』の新訳版が出た時に解説として書いたもの。旧訳版は、村崎敏郎訳のポケミス。

それにしても、翻訳というのは難しい仕事だと思う。以前、『一角獣の殺人』を翻訳された田中潤司先生にお会いした時、先生が、「この辺のカーの作品を翻訳する時には、第一次世界大戦後の社会だということを踏まえて、雰囲気的にきちんと訳さないといけない」とおっしゃっていた。なるほどと、たいそう感心したものである。

また、この作品を注意深く読んでもらうと解るのだが、冒頭に、二人の男が交差する場面がある。そこは非常に微妙な書き方をしてあって、実は結末の真相と密接な繋がりがある。『蝋人形館の殺人』での犯人のある大胆な行動や、『火刑法廷』での密室トリックの達成の仕方と同様、カーは実にさりげなく、巧妙に書いてあるので、翻訳する場合には、ものすごく気を使う部分だ。

この本は、親指シフト・キーボードと親指シフト入力を用いて書きました。

日本語入力コンソーシアム（http://nicola.sunicom.co.jp/）

初出一覧

霧の悪魔
書き下ろし

亡霊館の殺人
『密室と奇蹟　J・D・カー生誕百周年記念アンソロジー』　二〇〇六年　東京創元社

カーは不可能犯罪ものの巨匠だ！
「ハヤカワミステリマガジン」　二〇一四年九月号　早川書房

『パンチとジュディ』について
カーター・ディクスン著／白須清美訳『パンチとジュディ』解説　二〇〇四年　早川書房

吸血の家〔短編版〕
「本格ミステリー・ワールド２０１５」　二〇一四年　南雲堂

亡霊館の殺人

2015年9月28日　第一刷発行

著　者 ――――――――― 二階堂黎人
発行者 ――――――――――――――― 南雲一範
装丁者 ――――――――――――――― 奥定泰之
発行所 ――――――――――― 株式会社南雲堂
東京都新宿区山吹町361　郵便番号162-0801
電話番号　(03)3268-2384
ファクシミリ　(03)3260-5425
URL　http://wwwnanun-do.co.jp
E-Mail　nanundo@post.email.ne.jp
印刷所 ――――――――――― 図書印刷株式会社
製本所 ――――――――――― 図書印刷株式会社

ISBN 978-4-523-26533-7　C0093